小学館文庫

星になれない君の歌

坂井志緒

小学館

この物語を、今は亡き人生で初めての友人に贈ります。

1

「拓朗（たくろう）くんが、亡くなったそうよ」

母からそう連絡をもらったのは、私の誕生日の夜だった。

バイトを上がり、ひとり暮らしの自宅アパートへ帰る道すがら、深夜まで営業しているドラッグストアに立ち寄ってコスメを物色しているところだった。

真津山（まつやま）拓朗は、同い年の幼馴染（おさななじ）みだ。三歳で出会ってから高校を卒業するまで、ずっと同じマンションの同じフロアで姉弟（きょうだい）同然に育った。幼稚園、小学校、中学校、高校と同じ学校に通ったし、なんなら実の弟よりも仲はよかったと思う。

高校卒業後、私と拓朗は東京の、別々の大学へ進学した。ただし私が通うキャンパスは神奈川県相模原（さがみはら）市にある。私はそこから歩いて通えるところにアパートを借り、拓朗は千葉県松戸（まつど）市に住まいを構えた。拓朗の大学は東京の都心にあるのだが、その周辺はびっくりするほど家賃が高い。松戸なら家賃も手頃だし、交通の便もよかったのだそうだ。

　離れはしたが会えない距離ではなかったので、一年生の頃は数ヶ月に一度くらい、渋谷や新宿あたりで会っていた。しかし大学生活が充実するにつれ少しずつ疎遠になり、二年になる頃にはたまにトークアプリでメッセージを交わす程度に。近頃はメッセージのやりとりさえしなくなっていた。

　そして四月三十日の今日、私の方が半年近く先に二十一歳になった。そういえば今日は拓朗から「誕生日おめでとう」のメッセージが来ていない。昨年までは毎年、必ず祝ってくれていたのに。

　そう思うと「拓朗が亡くなった」という突拍子もない話がリアルに感じられて、途端に動悸(どうき)が激しくなる。

「……は？　タクが亡くなったって、なんで？」

　事故にでも遭ったのだろうか。それとも、事件に巻き込まれた？

　母は泣きそうな……いや、泣いているのを悟られまいと必死にこらえているような声で、申し訳なさそうに答える。

「都萌実(ともみ)には内緒にするよう頼まれていたから言えなかったんだけど……。拓朗くんね、実は病気で一年くらい前からこっちに帰ってきてたのよ」

「え……？」

拓朗が病気だなんて、全然知らなかった。知らされていなかった。一年前なら、たまにだがメッセージのやりとりはしていたはずだ。地元に帰っているなんて、まったく聞いていない。

そんな大事なこと、どうして誰も私に教えてくれなかったの？

私には内緒って、なんで？

大きなショックと悲しみ、そして憤りの混じった複雑な感情が胸の中で暴れだす。

ふとコスメ棚の鏡に映る自分の姿が目についた。顔色が悪い。鎖骨まで伸びたミルクティーブラウンの髪が、やけに鮮やかに見える。

「お通夜は明日、お葬式は明後日よ。都萌実も来られそうならいらっしゃい」

私は「うん、わかった」と短い返事をして通話を切った。

自分への誕生日プレゼントだと思って手に取っていたマスカラとアイシャドウは買う気になれず、それらを棚に戻して店をあとにした。

私たちの地元は長崎県の県央にある、諫早(いさはや)市というのどかなところだ。最近西九州新幹線が開業して、私が暮らしていた頃より賑(にぎ)わっているらしい。

葬儀当日、ゴールデンウィークで空席が乏しいなか、なんとか早朝の飛行機に乗ることができた。バイト先に事情を話して休みをもらい、二年ぶりに故郷へと降り立つ。

大村市にある長崎空港までは父が車で迎えに来てくれた。

「都萌実、おかえり」

「ただいま、お父さん」

久しぶりに家族に会えたのに、言葉数は少ない。拓朗の病気を教えてくれなかったことを責めたかったが、父が目を腫らしているのを見てその気が失せてしまった。昨夜のお通夜で泣いたのだろう。

父にとっても拓朗は息子同然だった。長崎市の街中で育った拓朗のお父さんの代わりに、拓朗に虫採りや釣りを教えたのは、離島育ちの父だ。その頃の思い出がよみがえり、また少し悲しみが増す。

生まれ育った実家までは空港から車で約三十分。朝が早かったため、私は空港を出てしばらく進んだところで寝落ちしてしまった。そして目覚めた時にはもう、見慣れた八階建てのマンションの前まで来ていた。

五階にある実家に入ると、母とふたつ下の弟、哲哉が出迎えてくれた。母と弟は父以上に目を腫らしている。

拓朗は母の作るチーズケーキが大好きだった。毎年の誕生日にはいつも母にケーキをおねだりしていたほどだ。哲哉も拓朗のことを兄のように慕い、小さい頃はよく連れ立ってイタズラに興じ、ふたり揃って怒られていた。イタズラを卒業してからはゲームをしたりサッカーをしたり、なんだかんだ一緒に過ごしていたと思う。

我が季村家には、拓朗との思い出が多すぎる。

私は泊まりの荷物だけ置いて、すぐに母と国道沿いのスーツ店へ赴いた。喪服一式を購入するためだ。

「喪服を、まさかタクのために買うことになるなんて思ってもみなかった」

愚痴るように呟いた私に、母が力なく「そうよね」と返す。これ以上拓朗のことを話題に出すと泣いてしまいそうで怖い。普段は話しはじめると会話が止まらない母とでも、今日ばかりは話が弾みそうもない。

気持ちは重く暗いのに、嫌みなくらいに天気がいい。綺麗な青い空に真っ白な雲が太陽の光を反射している。

車のラジオから聞こえてきた情報によると、気温はすでに二十度を超えているそうだ。熱をよく吸収する喪服では、きっと汗ばむだろう。

「今日も行楽日和ですね。みなさん、素敵なゴールデンウィークを」

パーソナリティの楽しげな声が虚しい。私たちがこれから向かうのは、行楽地ではなく斎場だ。

葬儀会場は川のそばにある小さな斎場だった。駐車場にはすでに何台も車が駐まっている。エントランスには「真津山家」と、ずっしりした黒字で書かれていた。家族についていく形で受付を済ませ、ホールへ。真津山家も我が家と同じ無宗教なので、葬儀はお別れ会のような形で進行するらしい。

狭いホールながら内装は荘厳だった。立派な祭壇の左右にはたくさんの花、そして中央に拓朗の笑顔の遺影が飾られている。高校三年生の頃の写真だと、髪型を見てわかった。最後に彼に会った時は茶髪で、眉はもう少し細めに整えられていた。

祭壇の脇には掲示板が設置されていて、拓朗の幼少期から大学時代までの写真が多数貼ってあった。ほとんどの写真の拓朗に見覚えがある一方で、闘病中に病室で撮ったと思われる写真の拓朗だけは、私の記憶にないものだった。

親族席にいる拓朗の家族のもとへ行くと、拓朗の両親が弱々しくも笑顔を見せてくれた。

「都萌実ちゃん……！　わざわざ遠くから来てくれたの？」

「ありがとう。拓朗も喜んでると思うよ」

妹の美咲ちゃんは言葉を発せられないようで、涙を流しながら頭を下げる。二年以上会っていなかったから、彼女が高校の制服を着ている姿を見るのはこれが初めてだ。

「あの……」

この度はご愁傷様です。お悔やみ申し上げます。

それらしい言葉は知っているけれど、セリフじみた言葉では表面だけ取り繕っているような気がして、結局口をつぐんでしまった。

「小さい頃からずっと仲よくしてくれてありがとうね。最後に拓朗に会ってあげて」

おばさんの言葉に、目の奥がツンと熱くなる。いつも明るくて溌剌としていたおばさんがこんなに憔悴している姿を見るのは、痛ましくてつらい。

祭壇の遺影の前に、明るい色の棺がある。本当に拓朗はあの中にいるのだろうか。

正直なところ、拓朗が亡くなったことを、私はまだ実感できずにいる。だから今は、深い悲しみに苛まれたり目が腫れるほど泣いたりせずに済んでいる。

実感するのが怖い。受け入れたくない。

そう思いつつ一歩、また一歩、棺へと近づく。

ねぇ、タク。あんた、本当に死んじゃったの？

心の中でそう問いかけながら棺の前へ。おそるおそる近づき、棺の小窓を覗(のぞ)いてみる。

そこにはたしかに拓朗がいた。安らかな表情で目を閉じている。だけど私が知っている拓朗よりずっと痩せているし、肌の色もなんとなく違う。生きていた頃の拓朗をよく知る私には、まるでよくできた等身大の人形のように思えた。

「タク兄……！」

後ろにいた弟が、嗚咽(おえつ)を漏らす。母が両手で顔を覆って泣き崩れ、目を赤くしている父に支えられている。

ああ、拓朗は本当に死んでしまったんだ。

ようやくそのことを事実として認識した。けれど覚悟をしていたような大きな悲しみは襲ってこない。どうして私はこんなにも冷静なのだろう。

「タク……」

私って冷たい人間なのかな。あんたが死んだっていうのに、まだ涙も出てこないよ。

心の中で拓朗にそう語りかけた瞬間、全身に経験したことのない不快感が走った。

それとほぼ同時に、腹の底からなにかが湧き上がるような気持ち悪さ、そして強烈な目眩(めまい)と吐き気が襲ってくる。

体がぐらりと傾き、思わず棺に手をついた。頭がズキズキと痛みだす。

「都萌実？」

「姉ちゃん？」

真後ろにいるはずの家族の声がものすごく遠くに聞こえる。目眩がひどい。

なにこれ。私、急にどうしたの？

次の瞬間、私の意思とは関係なく、体が起き上がった。頭は痛いし視界がぐるぐる回っている。吐き気はますます強くなる。

とにかくここを出なくちゃ。

理由はわからないけれど、強くそう思った。体が勝手に走りだす。体の動きが自分の感覚と一致しない。まるでなにかに操られているような、妙な感覚だ。

吐き気がするのでトイレに駆け込みたいはずなのに、私の体はなぜかトイレを素通りし、エントランスを抜け建物の外に出た。さらに駐車場を横目に斎場の敷地を出て、狭い車道を渡る。

目の前に川が見える。川と道路を隔てる白いガードレールが太陽光を反射して眩しい。

膝が高く上がり、右足がガードレールを力強く踏んだ。買ったばかりの喪服のスカートがふともまでまくり上がる。私の体はガードレールを越え、左足が護岸コンクリートに着地。パンプスが少し滑ったことなどお構いなくコンクリートを強く踏み込む。すると全身が大きく前傾し、眼前にはあまり綺麗とはいえない川の水が。

え、うそ。まさか……。

私の体はそのまま川の中へと落下し、意識はそこで途切れた。

ふと目覚めると、ふかふかの芝生に寝転んでいた。緑の爽やかなにおいが鼻をくすぐる。

ゆっくり起き上がると、近くに川が流れているのが見えた。とても透明度が高く川底の丸い石までくっきり見える。水深は浅いようだ。太陽の光を浴びて、水面と川底の石がキラキラ輝いている。なんとも美しい光景だ。

私が落ちたのはこんなに綺麗な川ではなかったはずだが、いつの間にここに流れ着いたのだろう。ここはどこだろう。見渡せば緑の芝生がどこまでも続いている。一方対岸には色とりどりの花が咲いていて、あっちの方がずっと綺麗だ。

せっかくならあっち側に行きたいな。

そう思った瞬間、川にふわっと虹がかかった。まるで橋のよう。なんてファンタジックで美しい光景なのだろう。あの虹を渡れるかはわからないけれど、川は浅いし水も綺麗だ。虹の上を歩けなかったとしても、川を歩いて渡ることはできるだろう。

虹に足をのせようとした瞬間、背後から私を呼ぶ声がした。

「トモちゃん、ストップ！　ストップ‼」

聞き覚えのある声に、条件反射で振り返る。そこには、真っ白なシャツに真っ白なズボンを穿いた拓朗が立っていた。

「タク？　え、どういうこと？　あんた、死んだんじゃなかったの？」

まくし立てるように尋ねると、拓朗は困ったように笑みを浮かべた。

「驚かせてごめん。俺が死んだのは本当」

「はぁ？　じゃあ、ここにいるあんたはなんなのよ？」

服が真っ白で不自然だけれど、奥二重の目、おじさん譲りの高い鼻、おばさん譲りの白い肌、シャープな輪郭……どう見ても拓朗だ。さっき棺の中にいた遺体の拓朗よりずっと、私がよく知る拓朗らしく見える。

「うーん、なにって言われてもなぁ……俺は俺だよ」

だんだん頭が冴えてきた。冷静になると、なにもかもが不可思議だ。

私が飛び込んだのは川の下流だったはずなのに、ここはどう見ても上流か中流のような水流だ。物理的におかしい。それに、私の服も髪もどこも濡れていない。濡れていないどころか、乱れてすらいない。なにより意味がわからないのは、死んで棺桶に入っていた拓朗が、こうして目の前にいることだ。

「いったいなにが起きてるの？　あ、わかった。夢だ」

私の言葉に、拓朗はばつが悪そうな表情を浮かべた。

「ごめん。トモちゃんは絶対に怒るだろうから、先に謝るね」

「え、謝る？　どういうこと？」

「ここはいわゆる、生死の狭間。そしてこの川は、かの有名な〝三途の川〟だよ」

「は？　なに言ってんの？」

ますます意味がわからない。やっぱりこれは夢に違いない。

「トモちゃん、全然信じてないでしょ」

「うん。だって三途の川とか言われても、全然そんな感じしないし」

三途の川なんてもちろん見たことはなかったけれど、もっとおどろおどろしくて禍々しい川だと想像していた。こんなにも穏やかで美しい河川は、まったくイメージに合わない。

拓朗はやれやれという表情で、「ほら」と虹を指さした。

「あの虹。あれだって、いわゆる〝虹の橋〟だよ」

「虹の橋って、亡くなった動物の霊魂が天国に行くために渡るやつ？」

「そう。動物に限らず、人も虹の橋を渡るんだよ。トモちゃんが川を渡ろうとしたから、お迎えが来たんだ」

亡くなったはずの拓朗。三途の川。虹の橋。夢にしては設定がしっかりしすぎている。

私は川と虹から、少しだけ距離をとった。

「……私、死んだの？」

「ううん、トモちゃんはまだ死んでない」

「よかった。生きてるんだ」

安堵した私だったが、拓朗は続けざまに衝撃的なことを告げる。

「俺がトモちゃんに憑いて、川に落として、あえて半殺しにしてここに連れてきた」

「……はい？　今なんて？」

しっかり聞こえてはいた。言葉の意味も理解した。でも、わけがわからない。

拓朗は私の問いには答えず、突然左腕を掴んできた。

「ちょっ……タク？　きゃあ！」

大きく振り回すように力を込められ、バランスを崩した私の体は川へと振り落とされそうになる。これは三途の川。落ちたらあの世に行ってしまうと聞いたことがある。私は必死に拓朗の腕を掴み返し、足を踏ん張って、なんとか落下を免れた。

「なにすんの！　川に落ちたらどうするつもり⁉」

拓朗はなにも応えず、今度は目の前に立ちはだかった。そして両手で私の肩に触れ、川に突き落とす素振りを見せる。私は反射的に拓朗の両腕を握りしめた。

背後には三途の川。心地よいせせらぎが聞こえている。岸のギリギリのところに立っているため、バランスを崩すのが怖くて下手に抵抗ができない。

このまま拓朗が私の肩を押し出せば、簡単に川に落ちてしまう——つまり、もう生きている世界には戻れなくなってしまうかもしれない。

私は今、拓朗に命を握られているのだ。

「トモちゃん、こんなことして本当にごめん」

そんなに申し訳なさそうな顔をして謝っているくせに、どうしてこんな非情なことをするの。

「いいから早く、そこをどいて！」

「このまま死にたくなかったら、俺に協力して。お願い！」

協力？　いったいどんな？

尋ねたいけれど命がかかっているためそんな余裕はない。

「わかった！　わかったから！　なんでも協力するから、落とさないで！」

切実にそう叫ぶと、拓朗はにっこり笑顔になった。

「やった。トモちゃんなら絶対にそう言ってくれると思ってた」

拓朗が着ている真っ白な服が急にまぶしく輝きだす。景色全体が強い光に包まれ、たまらず目をつむった。

「約束だよ」

少し遠くでそう聞こえた。あまりにまぶしくて、光から逃げるように体を捩る。すると、私はとうとうバランスを崩し、足を踏み外した。

しまった！

体がゆっくりと横に倒れていく。けれど、川に落ちる衝撃はなかった。

次に目を開けると、また見知らぬ光景が広がっていた。

見える景色から判断するに、ここは……。

「病院？」

小さく呟くと、左右から家族の顔が覗く。

「都萌実？」

「姉ちゃん？」

「都萌実、気づいたのか？　哲哉、ナースコール！」

それからしばらく、医師や看護師、そして警察までやってきて、診察や検査を受けたり詳しい話を聞かれたり、とにかくバタバタだった。

検査のために二泊も入院させられたのだが、幸い大した怪我も後遺症もなく、心身ともに異常はないと診断された。筋肉自慢の哲哉が早めに私を川から引き上げてくれて、たまたま近くにあった救急病院に担ぎ込んでくれたのがよかったらしい。事件性はないため警察には「体調不良が招いた事故」として処理され、大事にはならなかった。

私は退院したその足で、家族とともに拓朗の実家に立ち寄った。葬儀を途中で抜けたうえに騒ぎを起こしてしまったので、改めて謝罪をするためだ。

数年ぶりにお邪魔した真津山家のリビングには、拓朗を偲ぶ壇がしつらえられていた。ライトブラウンのローテーブルに遺影と華やかな柄の骨覆が置かれ、小さめの花瓶には生花が飾られている。テーブルの横のスタンドに立て掛けてあるのは、拓朗が愛用していたアコースティックギターだ。中学生の頃にお年玉で買ったものなのだが、大学生になってもずっとこれを弾いていた。

「式の最中だったのに、お騒がせしてしまってごめんなさい」

頭を深く下げて謝ると、みんな快く許してくれた。私が川に落ちたことで一時騒然としたらしいが、葬儀自体は無事に終わったそうだ。

「都萌実ちゃんが川に落ちたと聞いた時は血の気が引いたよ。無事でよかった」

拓朗によく似ているおじさんが、ホッとした笑顔を向けてくれる。

「病院がすぐ近くにあってよかった。テツの筋肉もたまには役に立つんだね」

葬儀の時は言葉を発せなかった美咲ちゃんも、冗談を言える程度には落ち着いたようだ。目は腫れているから、気丈に振る舞っているだけなのだろうが。

「本当に無事でよかったわよ。都萌実ちゃんまであっちに行ってしまったら……！」

おばさんは目に涙を溜め、私の手をギュッと握った。おばさんに泣かれると、途端に申し訳なさが再燃する。明るくて快活なおばさんに早く戻ってほしい。

「心配かけて本当にごめんなさい。あ、でもね。ちょっといいこともあって」

「いいこと？」

「うん。気を失っている間の夢だと思うんだけど、タクに会えたんだ。元気そうにしたよ」

　努めて明るく告げたのに、リビングがしんと静まり返る。笑みを見せてくれていたおじさんと美咲ちゃん、そして私の家族の表情までもが、一気に凍りついた。

「都萌実ちゃん！　もう危ないことは二度としないで！」

おばさんがボロボロと涙をこぼし、高い声で怒鳴る。握られたままの手が痛い。

「ええっ？　ちょっと、おばさん、泣かないで。私、この通り大丈夫だから」

明るいリビングの中で、私と遺影の拓朗だけが笑顔だ。

「お兄ちゃんと会ったってことはさ……トモちゃん、お兄ちゃんのいるところに行きかけたってことなんじゃないの？」

　美咲ちゃんの言葉に、ぎくりと肩が震えた。

「えーと、それは……」

　みんなも同じことを思ったようだ。私としては、「夢で拓朗に会えてよかったね」と笑ってほしかっただけなのに。まさかこんなにみんなの不安を煽ってしまうことになるとは思わなかった。

　あれが夢ではなく、かつ拓朗が言っていたことが事実であれば、たしかに美咲ちゃんの推測通りだ。でも、あれはただの夢なのだ。だってあれ以来、拓朗は現れていないのだから。

「都萌実ちゃん。体は本当に大丈夫なんだよね？」

いつも優しいおじさんに低い声で尋ねられるとちょっと怖い。

「うん、本当に大丈夫。たくさん検査して、どこも異常はなかったし」

「本当だね？　異常を感じたら、すぐに病院に行かなきゃダメだぞ」

「わかってる。大丈夫。私、本当に元気だから。お医者さんのお墨付き！」

拓朗は急性骨髄性白血病という病気で亡くなったらしい。大学一年の後期に入った頃からなんとなく体調が悪いことに気づいていたのだが、病院嫌いかつ楽観的な性格の拓朗は「そのうち治るだろう」と諸々（もろもろ）の症状を放置した。二年に上がる頃、バイト中に倒れて初めて病院にかかった時には、病気がかなり進行していたそうだ。

白血病といえば、命に関わる大病だ。けれど今は医療が発達していて、長期生存率は向上していると聞いたことがある。拓朗がもっと早く病院にかかっていれば、結果は違ったかもしれない。

そんな思いがあるからこそ、みんな敏感になっている。うちの家族が私にあれこれ検査を受けさせたのも、きっとそれが理由だ。

「きっと拓朗くんが都萌実をこっちに戻してくれたのよ。都萌実は無事だったんだから、そう思いましょう」

　空気を変えてくれたのはうちの母だった。

「うん、きっとそうだな。ありがとうな、拓朗」

　父に倣い、私も白々しく「タク、ありがとう」と言っておく。

　ここは拓朗に助けられたということにしておこう。拓朗に憑かれて川に落ち、あの世のほとりまで連れていかれた――という夢を見たことは言うべきではなさそうだ。大切な家族たちに、これ以上ショックを与えたくない。


　ゴールデンウィークということもあり、帰りは飛行機のチケットが取れなかった。仕方がないので列車で帰ることにして、博多までは西九州新幹線と特急の指定席を取った。しかし、東海道・山陽新幹線の指定席は全席埋まっていて、自由席の切符を買うしかなかった。始発駅なので早めに並べば座れるだろうと思っていたが、甘かった。同じことを考えている他の乗客との席争奪戦に敗れ、結局立って乗車する羽目に。新大阪でようやく座席にありつけた時は心底ホッとした。

　新横浜で横浜線に乗り換え、自宅の最寄り駅である淵野辺で下車する。自宅はここから徒歩十分のところにあるアパートの二階だ。ロフト付きで家賃は四万五千円。広くはないけれど、ファン付きのシャンデリア型照明が気に入ってこの部屋に決めた。

「はあぁぁ……疲れた……」

午前中に実家を出たのに、もう午後七時を過ぎている。足はパンパン。体はクタクタ。私はすべての荷物を下ろすなりベッドにダイブした。横になったことで全身にくまなく血液が行き渡り、少しずつ体の張りがほぐれていく。

ふと物置にしているロフトが目に入った。荷解きをしてキャリーケースをあそこへ上げなければ……とは思うものの、超絶に面倒くさい。ベッドから出たくない。

「ああ、これはもう無理だ」

誰にともなくそう呟き、そのままゴソゴソ掛け布団にくるまる。私は着替えも食事も諦めて、そのまま吸い込まれるように眠りについた。


パッと目が覚めた。夢を見なかったので体感的には小一時間くらい眠った感覚だったのだけれど、時計の針は二時過ぎを指している。外は暗い。

ちょっとだけのつもりが、七時間も眠ってしまっていた。それでも体はまだ疲れている。せめて着替えてメイクを落とさなければ。

重い体を起こし部屋着に着替え、髪を結びながら洗面所へ。洗面化粧台の棚に置いているヘアバンドで前髪を上げて鏡を見ると、私の背後にはっきりと人の姿が見えた。

「ひっ……！」

誰？　泥棒？　ストーカー？　変質者？

真に怖い時には大声が出せないと聞いたことがあるが、本当らしい。

反射的に振り返る。しかしそこには誰もおらず、換気のためにドアを開けたままにしている浴室が見えるだけ。念のために浴室のライトを点けてみる。誰もいない。物音もしない。

疲れているから、きっとなにかを人と見間違えたのだろう。

侵入者がいないことに安堵しながらふたたび鏡に向き直ると、今度は私の真横に男が見えた。男はどう見ても拓朗の顔をしていて、鏡に映る私に向け手を振っている。

「あれ、トモちゃん。やっぱ見えてる？」

「いやあああああっ！」

ようやくここで大声が出た。右側から声がしたので、反射的に左へ飛びのく。飛びのいたものの、左側は壁だ。頭と肩を強く壁にぶつけ、ゴンと鈍い音が響く。地味に痛いがそれどころではない。手の届くところにあったバスタオルを引っ掴み、自分の体を守るようにして広げた。すべて無意識での行動だった。

「ちょ、トモちゃん。こんな時間に大声出したら近所迷惑だよ……」

「タ……タク？」

姿は見えない。でも拓朗の声が聞こえる。すごく怖い。腰が抜け、壁を伝ってズルズルと地面に座り込む。

「そうだよ、俺だよ。あれ？　目の前にいるんだけど、直には見えないのかな？」

直には見えない。でも、鏡越しになら見える？

私は洗面台を支えに立ち上がり、勇気を出してもう一度鏡に目を向けてみる。たしかにそこには白シャツ姿の拓朗がいた。しかしやはり直には見えない。手で探ってみても空を切るだけで、触ることもできない。

「なにこれ。どうなってんの？」

怪奇現象としかいいようがない。心臓がバクバク鳴っている。

「びっくりさせてごめん。どうなってるかは俺にもわからないんだ」

わからないって、自分のことなのに無責任な。

「タクの……幽霊ってこと？」

「たぶんそういうことなんだろうね。俺死んだし。火葬もされたし」

心臓が落ち着いてきた。なにはともあれ、見知らぬ誰かでなくてよかった。生きている侵入者より、拓朗の幽霊の方が断然マシだ。……いや、怖いには怖いのだけれど。

「ずっと一緒にいたんだけど、ようやく気づいてもらえたよ。このまま気づかれなかったらどうしようかと思ってた」

「ずっとって、いつから？」

「三途の川のほとりで会ってからずっと。検査入院している間も、俺の実家にいる間も、新幹線に乗ってる間も」

「そうなの？　全然気づかなかった……」

もし気づいていれば、真津山家にお邪魔していた時に「今ここにいるよ」と言えたのに。今みたいに鏡越しに、拓朗の家族とも言葉を交わせたかもしれないのに。

いったんそう思ったけれど、昨日のみんなの様子を思えば、気づかなくてよかったのだと思い直す。拓朗の幽霊が見えるなんて言えば、また過剰に心配されるに決まっている。

それに、拓朗が幽霊になってこの世に留(とど)まっていると知れば、怪しい霊感商法に手を出したりするかもしれない。悲しみをこらえて拓朗の死を受け入れようとしているみんなを掻(か)き乱すようなことはしない方がいい。

とにかく、この状況は異常だ。とはいえ実際に拓朗は見えているし、話せている。

このまま洗面所で話すのは落ち着かないので、私の生活スペースに移動することにした。部屋には姿見があるし、メイク用の鏡もある。

幽霊をどうもてなしていいかわからないが、とりあえず友人を招いた時と同じようにすることにした。グラスにオレンジジュースを注いでローテーブルに置き、座布団代わりのクッションを敷く。

「ありがとう。オレンジジュースを飲むのも久しぶりだなあ」

そう聞こえたと思ったら、グラスのジュースが少しだけ減った。目を疑う。グラスはピクリとも動いていないのに、なぜ。

そして次の瞬間、もっと目を疑う現象が起きた。なんの音も動作もなく、拓朗が忽然と現れたのだ。

「うわぁ！」

私はふたたび大声をあげ、尻餅をついた。

「あれ、もしかして直接見えるようになった？」

拓朗はきょとんと首を傾げる。私はこくこくと首を縦に振った。

「さっきまで見えなかったのに、どうやったの？」

「もしかして、ジュースを飲んだからかな。お供え物って、力がもらえるんだね」

「なるほど、お供え物……」

拓朗は自分が幽霊である自覚がしっかりあるようだ。私としては訪ねてきてくれた幼馴染みに飲み物を出しただけの感覚だったので、拓朗が自ら〝お供え物〟という表現をしたことにまごついてしまう。

幽霊って、本当にいるんだ。信じていなかったわけではないけれど、まさか自分にも見える日が来ようとは。相手が拓朗なので怖さは落ち着いてきた。もの珍しくて、改めてまじまじと拓朗を観察する。

「見えるようにはなったけど、ちょっと透けてるね」

白い服越しに向こうの棚がうっすらと見えている。注視してみると、細かい粒子のようなものが集まって拓朗の形を模しているみたいだ。触れてみたいという好奇心から手を伸ばす。手は拓朗の体に埋まっていくものの、なんの感触もない。

「透けてる？　じゃあもうちょっと飲んでみるか」

また少しジュースが減った。拓朗はグラスに触れていないし、ジュースに口を付けてもいない。幽霊はグラスを持ってごくごくとは飲まないらしい。

次の瞬間、拓朗の体が濃くなった。粒子がぎゅっと密になって、向こうの棚も透けなくなった。ここまではっきりくっきり見えると、生きている人間と見分けがつかないほどだ。私の手が埋まっているように見えるところ以外は。

「なにこれ。気持ち悪い」

拓朗に刺さったままの手を動かしてみる。やはり手にはなんの感触もない。私は拓朗の霊体に干渉することはできないようだ。

「気持ち悪いって、ひどいなぁ。トモちゃんに聞こえるように声を出したり姿を見せたりするだけでも、結構頑張らなきゃいけないんだよ」

「え、そうなんだ。幽霊って結構大変なんだね」

私は生きている人間なので、姿を見せるために頑張る感覚はわからない。けれどふつうは見えるものではないのだから、わざわざ現れるために労力がいるというのは納得できる気がする。

私はベッドを背にしてテーブルの前に座り、生きている人間らしく、手にグラスを持って口を付け、ごくっとジュースを飲んだ。試しに自分の腕を見てみるが、当然濃くも薄くもならない。

拓朗が触れてもいないのに、グラスのジュースがまた少し減った。この世の物理法則がまるで無視されているが、これが噂に聞く心霊現象か。飲んだジュースはいったいどこに行くのだろう。

相手が拓朗だからふつうに話していられるが、知らない人の幽霊なら怖すぎて逃げ出しているところだ。異常現象の連続でものを冷静に考えられていないけれど、三途の川の一件が夢ではなかったということだけは、はっきりとわかった。

「タクが私に憑いてきたのは、三途の川で言ってた〝協力〟のため……だよね？」

拓朗はこくりと頷(うなず)いた。

「お願いをするならまずトモちゃんって、俺の中では昔から決まってるからね」

出会ってから高校を卒業するまで、「トモちゃんお願い！」と頼み事をされることが何百回もあった。夏休みの宿題を手伝ってほしいとか、美咲ちゃんへの誕生日プレゼントを一緒に選んでほしいとか、世界史の資料集を失(な)くしたから貸してほしいとか。それを「やれやれ」と呆(あき)れながら引き受けるのが、私の役目だった。

「それで、そのお願いの内容は？」

幽霊が生きている人間にお願いって……まさか「体をよこせ」なんて言うまいな。

拓朗は数秒間、言いにくそうにもじもじとした。また少しジュースが減る。そして意を決したのか、ゆっくりと話しだした。

「死ぬ少し前、病院で、好きな人に宛てて感謝の気持ちを込めた歌を作ったんだ」

歌を作ったと聞いても、さほど驚くことはない。私は拓朗の本当の夢を知っている。

拓朗は、表向きは大学を卒業して一般企業に就職するつもりだと言っていたが、本当の夢はソングライターになることだった。

「うん、それで？」

「その歌を曲にして、届けてほしい」

私が曲にする？　届ける？

「どういうこと？　そもそも歌と曲ってなにが違うの？」

頭の中がハテナだらけの私とは対照的に、拓朗は饒舌(じょうぜつ)に答える。

「俺が生きてる間に作れたのは、歌詞とメロディーだけ。それが〝歌〟ね。それに伴奏をつけたのが〝曲〟。つまりトモちゃんには、俺が作った歌に伴奏をつけて、歌声を録音して、曲を完成させてもらいたい。そしてそれを、俺の好きな人に届けてもらいたいんだ」

「私、曲作りなんてしたことないんだけど」

私には経験も知識もなんにもない。完全なる人選ミスだと思う。

「大丈夫！　トモちゃん、ピアノ習ってたし。今でも演奏はできるでしょ」

「演奏はできるけど、それは楽譜があるからだよ。作るなんて無理」

「コードとイメージは俺の頭の中にあるから絶対いけるって。それにトモちゃん、歌も上手いじゃん」

「いや、上手いといってもカラオケで褒められる程度のレベルで――」

「俺、この歌を曲にできなかったことと〝けいこさん〟に届けられなかったことに、すっごく未練を感じてる。俺がこの世に幽霊として残っているのは、きっとその未練のせい。これが叶ったら成仏できると思う。だから、お願いします！」

拓朗は私に向かって正座し、膝に手を当て、深々と頭を下げた。なにかにつけて「トモちゃんお願い！」と私を頼ってきた拓朗だけれど、こんなに真剣に頭を下げられたのは初めてだ。

「成仏って……」

仏教徒ではないのにそう表現するのが正しいのかはわからないが、亡くなった人の魂は空へ帰るのが自然の摂理なのだという考え方を、私は信じている。拓朗はその摂理に反し、幽霊としてこの世にしがみついてまで曲を届けたいと思っている。それほど「けいこさん」は素敵な女性なのだろう。

ちょっとピアノが弾けてちょっとカラオケが上手いだけの私に、拓朗が命を燃やして作った大切な歌を完成させるなんて大役が務まるのだろうか。拓朗は昔から、私のことを買い被りすぎているきらいがある。

「その代わりといってはなんだけど、俺、トモちゃんに協力できることがあるよ」

「協力？」

拓朗は自身ありげに頷く。

「トモちゃんも、好きな人いるっしょ」

「へっ？」

あまりに唐突で、変な声が出た。同時に胸がどきりと鳴る。

「死んでからわかったんだけど、人と人の縁って、結構スピリチュアルな部分で繫がってるみたいでさ。だから俺、縁結び……まではさすがに無理だけど、相手との縁をたぐり寄せて近づけることくらいならできるっぽいんだよね」

「……それ、本当？」

実際に絶賛片想い中の私は、拓朗の言葉に少し食いついてしまった。それを見逃さなかった拓朗がにやりと口角を上げる。

「トモちゃんが俺に協力する代わりに、俺はトモちゃんの恋愛に協力する。これでフェアでしょ？　幽霊に協力を得られるチャンスなんてなかなかないよ？」

大切な幼馴染みの最後の願いだ。交換条件なんて出さなくても、最初から協力するつもりでいた。ただ、思いのほか大役だったから躊躇してしまっただけ。

私は軽く息を吸い、「やれやれ」という感じにわざとらしくため息をついた。

「もう、仕方ないなぁ」

拓朗が「お願い」と頼ってくるたびに、私はそう言って応えてきた。

「タクの成仏のためだし、頑張ってみるか」

「やったぁ！　さすがトモちゃん！」

この状況にはまだ少し混乱しているし、幽霊は得体が知れなくて怖い。

だけど、私はやっぱり長年共に過ごした幼馴染みの力になりたい。

拓朗が自然の摂理に反してまで、私に助けを求めているのだから。

2

「店長、シフトを増やしていただけませんか」

勤務開始の十分前、私はデスクワーク中の店長に相談をしていた。

私のアルバイト先は淵野辺駅に併設されているカフェチェーンだ。コンセントのあるひとり席がたくさんあり、仕事や勉強で利用するお客様が多いため、休日より平日の方が忙しい。しかしながら他の店舗と同じように休日は時給が高くなるので、ゴールデンウィークに急遽（きゅうきょ）休みをもらったり検査入院のため休みを延ばしたりしても、スムーズに代わりのスタッフが見つかった。

「本当？　助かるよ。ちょうどひとり、シフトを減らしたいって人がいたからさ」

店長は二十六歳のちょっぴりふくよかな男性で、「結婚するまではスリムだったんだぞ」というのが持ちネタだ。優しくて頼りがいがあり、スタッフの信頼は厚い。

「ありがとうございます。こちらこそ助かります」

私はホッと安堵しながら頭を下げた。なにせ急遽、かなりの入り用になってしまったのだ。バイトを増やさなければ破産してしまう。

入り用の原因は、ＤＡＷソフトと曲作りに必要な機材だ。

ＤＡＷソフトとはDigital Audio Workstationソフトの略で、ダウソフトと呼ばれることが多い。端的に説明すると、パソコンで曲作りをするためのソフトウェアだ。このソフトがあれば本物の楽器がなくてもあらゆる音色を打ち込みで演奏できるし、マイクから音声を取り込むこともできる。

導入した機材は、コンデンサーマイクとＭＩＤＩ（ミディ）キーボードのふたつ。ＭＩＤＩキーボードとは、DAWソフトに演奏を打ち込むための機材のことだ。見た目はふつうの鍵盤キーボードなのだが、パソコンに繋いでDAWソフトを立ち上げなければ演奏はできない。しかしDAWソフトと組み合わせれば、設定次第で弦楽器や吹奏楽器、打楽器など、あらゆる楽器を鍵盤を使い演奏することができる。鍵盤の数によってサイズも価格もさまざまだったが、両手で演奏することを想定して49連の大きめのサイズを選んだ。

私にはまったく知識がないので拓朗に言われるままAmazonでポチった結果、トータルコストはなんと五万円超え。田舎（いなか）から出てきた貧乏大学生の私にはなかなか高額な出費となった。再来月（さ）、カードの利用分が引き落とされるまでに、しっかり稼いでおかなければ。そう意気込んで、私は今日の労働への意欲を高めた。

午後五時から働きだし、閉店を迎え、午後十時。今日も予定通りに業務を終え、自宅に着いたのは十時二十分頃だった。

部屋でバッグを下ろし、洗面所で手を洗う。鏡を見ても背後に拓朗の姿はない。部屋に戻り、隅々まで見回してみても、やはり拓朗の姿は見えなかった。

「タク、いる？」

返事がないのを確認して部屋着に着替えた。いくら幼馴染みとはいえ、着替えているところを見られるのは嫌だ。

浴槽にお湯を溜めながらメイクを落とし、溜まったらゆっくり入浴する。立ち仕事なので、バイトの日は風呂に浸かって疲れを取るようにしている。風呂を出たらスキンケアをして髪を乾かし、寝支度を整え、拓朗が現れるのを待つ。

拓朗は呼べばいつでも現れるというわけではなかった。現れるのは決まって深夜の、いわゆる丑三つ時だ。現れて一時間程度は顔を見ながら話せるのだけれど、時間が経つと力を使い切ってしまうのか、突然ふっと消える。拓朗が消えたら床に就く……そんな生活が始まった。

午前二時になろうという頃、「トモちゃん」という声とともに拓朗が現れた。なんの前触れもなく忽然と出てくるので、毎度ちょっとびっくりしてしまう。

拓朗が現れたら、まずはお供え物のコーラを出す。今日はそれに加えて、ブラックサンダーというお菓子も添える。どちらも拓朗の好物だ。お供え物は故人の好物がいいと聞いたことがあるので、常備することにした。

「タク、もう少し早く出てこられないの？」

「何度も試してみたよ。でもこれより早い時間は、何度呼びかけてもトモちゃんに気づいてもらえないから諦めた」

拓朗はそう答え、お供えしたコーラを飲んだ。飲んだとわかったのは、グラスのコーラが少し減ったからだ。手も口も付けていないのに、本当に不思議。

「そうなんだ。やっぱ幽霊って丑三つ時がいちばん活動しやすいのかな」

「あ〜、たしかにこの時間帯がいちばん元気な気がする。姿を見せたり声を出したりするの、結構くたびれるんだよね。ふつうの人に幽霊が見えないのって、霊感の強さにもよると思うけど、幽霊側が姿を見せられるだけの力を出せない、あるいは疲れるから出さないだけなのかも」

見えるかどうかが幽霊側のやる気次第なのだとしたら、拓朗以外の幽霊には、どうかこのままやる気を出さないでもらいたい。

「朝とか昼間とか、私に見えない間、タクはどこでなにしてるの？」

「俺はトモちゃんに憑いてるから常にトモちゃんと一緒にいるよ。でも明るい時間は疲れて眠ってることが多いかな。昼間にしっかり力を回復しておかないと、姿を見せられる時間が短くなるってわかってきたし」

疲れたり眠ったり、どうやら幽霊には幽霊の生態のようなものがあるらしい。見えるようになるこの時間までは自由にフラフラしているのかと思っていたが、私からは離れられないようだ。

「ん？　ちょっと待って。常に一緒ってことは、私が着替えたり風呂に入ったりトイレで用を足したりしてる間も一緒にいるってこと？」

「そういう時は、さすがに壁の外側に出てるよ。トモちゃんのいるところから半径十メートルちょっとの範囲なら、わりと自由に動けるんだ」

「あっ、スマホを使ってる時に覗いたりもできるよね？」

「いやいや、幽霊になっても生きていた頃の倫理観はあるし、トモちゃんの裸やスマホを覗いたりはしない……って、なんだよその疑うような顔は」

「本当に？　姿が見えないからって、覗いたらぶっ殺すからね」

「ぶっ殺すって、俺もう死んでるけど」

やいのやいのと言い合っているうちに、気づけば十分ほど経っていた。拓朗が姿を見せていられるのは一時間程度。昨夜まではのんびりお喋り（しゃべ）りして終わっていたけれど、今日からはそうもいかなくなる。なぜなら、曲作りのための機材が届いたからだ。

「おお～すげぇ！　ＭＩＤＩキーボードだ！　よし、トモちゃん、さっそく曲作りを始めよう！」

拓朗はやる気満々といった表情で身を乗り出し、ＭＩＤＩキーボードに触れようと手を伸ばした。しかし拓朗の指は機械を貫通し、キーボードを押すことはできない。

見た目は生きている人間と変わらないけれど、拓朗はやっぱり幽霊なのだ。

「いや、私も始めたいところなんだけど……」

「ＤＡＷソフトは昨日ダウンロードしたし、準備万端だね。ガンガンやってこう！」

拓朗のこの話し方が懐かしい。「ガンガン」は、人の話を聞かずに突っ走りがちな拓朗の、昔からの口癖だ。

「ガンガンやりたいのは山々なんだけどね……」

「ほらほら、早く。パソコン立ち上げて。ＤＡＷソフト開いて」

期待で目をキラキラさせている。シワのない白シャツがいつもより眩(まぶ)しい。早く曲を作りたい気持ちは十分わかっているのだけれど、そうできない理由があるのだ。

「ごめんタク。曲はまだ作れない」

「え？　なんで？」

「音の出し方が、わからないの」

ＤＡＷソフトは問題なくインストールできた……と思う。アカウントを登録してソフトを立ち上げ、プロダクトキーを入力し、認証も完了している。「新規ソング」から「空のソング」を選択し、曲を作るための画面も開けた。ＭＩＤＩキーボードはしっかりケーブルで接続されている。それなのに、音が鳴らない。鳴らし方がわからない。線で繋ぎさえすれば音が鳴るだろうと簡単に考えていたけれど、甘かった。配送業者から機材を受け取ったのは今朝だ。それから大学とバイトに行って、開封したのは寝支度を整えてすぐ。それから拓朗が出てくるまでの間、ずっとネットで調べながら悪戦苦闘してみたけれど、プラスチック製のキーボードがカッカッ鳴るだけで音色のようなものは聞こえてこない。DAWソフトの画面には機能を示すボタンがたくさんあるが、マークを見てもなんのことやらさっぱりだ。文字で示されているツールバーを覗いてみても、トラックとか、ループとか、ベンダーとか、知らない言葉のオンパレード。

さらに、マイクもうまく接続できていない。パソコン本体には認識されているのだが、DAWソフト上で認識されていないようなのだ。ソフト内のボタンをあちこち押しまくって、マイクについて設定する画面までは見つけられた。しかしその画面に表示されている言葉やチェックボックスの意味が、これまたさっぱりわからない。

「というわけで、私にはお手上げです。設定よろしく」

操作は私がするからさ、と拓朗にパソコンの画面を向ける。拓朗は真剣な顔で画面を見つめ、しばらくしてその顔のまま私の方を向き、言った。

「ごめん。俺も全然わかんないや」

「え、あんたは作曲やってたんでしょう？」

だからこういう機械とか、用語とか、詳しいんじゃないの？

「やってたけど、ギター一本で弾き語りしてただけだから、機材やソフトのことはよくわからないんだよ」

「まさか、まったく使ったことなかったの？」

購入する時、迷いなく「DAWソフトはこれ」「MIDIキーボードはこのメーカー」と指定していたから、てっきり愛用していたものだと思っていたのに。

「そりゃあ使ってみたかったさ。バイト代を貯金して買うつもりだったけど、貯まる前に病気になったから……」

「そう、だったんだ……」

拓朗の無念さが伝わって、しんみりする。曲作りのための機材も、それにまつわる知識も、まだまだ知りたいことがたくさんあったに違いない。

「だから、俺が使ってみたかったやつ、トモちゃんが買ってくれて嬉しいよ」

「うん……」

とはいえ、困った。せっかく機材を用意したのに、音が鳴らなければ曲は作れない。

私は深くため息をつく。

「まさかこんな初っ端(しょっぱな)から盛大につまずくとは思わなかった」

どうしよう。拓朗の成仏がかかっているのに、幸先(さいさき)が不安すぎる。

私が頭を抱えている横で、拓朗は閃(ひらめ)いたように「そうだ」と呟き、にやりと笑みを浮かべた。

「ねぇ、トモちゃん。こういう時に頼れる人がいるんじゃない？」

「え？」

頼れる人と聞いて、思い浮かんだ顔がひとつ。胸がくすぐられたようにかゆくなる。

拓朗が得意げに口角を上げている。私が誰を意識したのかわかっているようだ。

「これも俺がたぐり寄せた縁だから、活(い)かすチャンスだよ。ガンガン攻めてモノにしようぜ！」

私の想い人についてはなんの情報も与えていないのに、どうして彼がパソコン関連に強いことを知っているの。

「タク、キモい」

「ひどいな。仕方ないだろ。俺には見えてるものがあるんだよ」

悪態をつきながらも、私の顔はちょっと笑っていたと思う。拓朗の前で素直に喜べないけれど、好きな人と関わるきっかけが増えるのはやっぱり嬉しかった。

翌朝、二限の講義前。片想いの相手である水野礼央（みずのれお）くんに助けてほしいとメッセージを送った。ドキドキしながら返信を待つ。

水野くんは私が所属しているバドミントンサークルの同期で、現代表だ。同期ではあるが一浪したそうで、年齢はひとつ上。同じ大学の理工学部で、パソコン関係にはとても明るい。

【いいよ。今日なら四限のあとからバイトの時間までは暇だけど、都合はどう？】

返事はすぐに来た。幸運にも、今日はたまたまバイトが入っていない。これも拓朗がたぐり寄せた縁だろうか。

【大丈夫！　じゃあ、家で待ってるね】

そう送って数秒後、すぐに【OK】のスタンプが返ってきた。溢（あふ）れんばかりのときめきを顔に出さないよう気をつけながら、私も【ありがとう】のスタンプを返す。

水野くんが久しぶりにうちに来る。前にサークルのメンバー数人で来たことはあったけれど、彼ひとりで来るのはこれが初めてだ。

帰ったら急いで片づけと掃除をしなきゃ。彼は私と一緒で、紅茶よりコーヒー派だ。ストックはまだ家にあったはず。それから……

「都萌実？」

「なにブツブツ言ってんの？」

「へっ？」

梨乃(りの)と彩花(あやか)に声をかけられ我に返った。ふたりは私と同じ社会学部の学生で、いつも一緒に講義を受けている友人だ。

「眉間(みけん)にシワ寄せてどうしたの？　大丈夫？」

「まだ体調戻ってないんじゃない？」

ふたりとはゴールデンウィーク中に遊ぶ約束をしていたのだけれど、拓朗の葬儀に参列するため、それを反故(ほご)にすることになった。体調を崩し、検査入院をする事態になったことも話したところ、うちや拓朗の家族と同様に、とても心配してくれた。ただ、幽霊に憑かれているということは、さすがに話せない。

「大丈夫だよ。今日、水野くんが家に来てくれることになったから、緊張しちゃって」

水野くんの名前を出した途端、ふたりは表情をぱあっと明るくした。

「え〜！　なになに？　進展があったの？」

「いや、全然。ちょっとパソコンのことで助けてもらうだけ」

「それでもチャンスじゃん！　頑張りなよ」

「うーん、そういう雰囲気になるかなぁ」

ふたりは私の片想いを知っていて、応援してくれている。積極的になれない私に焦れつつも、同じサークル内で気まずくなりたくないという気持ちを汲んで、お節介を焼くことはしないでくれている。

「いつも言ってるけど、都萌実はかわいいんだから、もっと自信持ちなって」

「そうだよ。そういう雰囲気は自分で作るの。チャンス活かそう！」

ふたりの存在やくれる言葉は、私をいつも救ってくれる。私の大学生活が充実しているのは、間違いなく、このよき友人たちのおかげだ。

「ありがとう。頑張ってみる」

自分でも、もう少し恋愛に積極的になりたいとは思っている。

拓朗の援護もあることだし、今がその絶好のタイミングかもしれない。

「そういえば都萌実、文化人類学のレポート出した？」

「宗教についてのやつだよね？　まだだけど、期限は来週でしょ？」

「なに言ってんの。今週の講義の前日までだよ。来週までなのは情報社会論」

「やばっ、勘違いしてた！　もう～、社会学部レポート多すぎ！」

私が社会学部に進学したのは、自分に具体的な夢や目標がなかったからだった。社会学部は特定の資格が取れたりはしない代わりに、さまざまな分野を幅広く学ぶことができる。大学でいろいろなことを学びながら、なにか興味の持てる分野を見つけられたらいいなと思ったのだ。

しかしなにも見つけられないまま、もう三年生になってしまった。これまでに学んだことはどれもつまらなくはなかったけれど、特別に興味をそそられるものもなかった。

そろそろ自分の進路について具体的に考えなければならない。

でも、自分に志がなさすぎて、これからの人生をどうしていいかわからない。

それが私の、ちょっとした悩みになっている。

自宅のインターフォンが鳴ったのは、午後四時半になる前だった。はやる気持ちを抑え、一度鏡で前髪を整えてから扉を開ける。

「水野くん、いらっしゃい。来てくれて本当にありがとう」

サラッとした黒髪、アンクル丈のパンツ、ちょっとオーバーサイズの襟付きジャケット。柄の少ないシンプルなファッションも、綺麗な顔立ちをしているのに男性的で精悍（せいかん）なところも、とても魅力的だ。胸の中がときめきでせわしなくなる。

「バイトまで時間あるし、ちょうどいい暇つぶしだよ」

彼の話し方はちょっとクールだ。そのせいで初対面では冷たい人のように見られることもあるようだが、少し話せば冗談を言う楽しい人であることも、優しくて面倒見がいい人であることも、すぐにわかる。

「バイク、駐められた？」

「うん。駐輪場空いてた」

「そっか。よかった」

水野くんは隣の町田（まちだ）市にある実家から大学に通っている。町田市の中でも相模原市との境界近くで、大学までは歩いて通えるそうだが、移動はいつもビッグスクータータイプの二輪車だ。通学時間はたったの五分だと自慢げに言っていた。

さっそく部屋に招き入れ、立ち上げておいたパソコンと機材を見せる。

「機材ってこれか。季村、音楽やってたんだな」

「昔ピアノを習ってたくらいだよ。音楽をやってる知り合いに頼まれて、曲作りを手伝うことになったの」

その知り合いが幽霊になった幼馴染みだとは、もちろん言わないでおく。

「へぇ。俺は運動しかしてこなかったから、楽器が弾けるのってうらやましいし、すごいなって思うよ」

彼に褒められると照れくささが手に余る。私はヘラヘラ笑いながら「全然、全然」と手を横に振った。

「弾けるといっても、上手ってわけじゃないの。すごいのは水野くんくらい実績がある人のことをいうんだよ」

私がピアノをやっていたのは小学校の六年間だけで、コンクールに出たことは何度かあるけれど、賞を獲ったことはない。かたや水野くんは高校時代、バドミントンでインターハイに出場したほどの選手だった。ネットで「水野礼央」と検索すれば、数年前に都大会で優勝した時の記事が出てくる。

一浪して大学に入ってからはサークルで楽しむ程度にプレイしているが、実力はもちろんメンバーの中で文句なしのナンバーワンだ。

「よし、じゃあ始めるか」

「よろしくお願いします。コーヒーでいい？」

「うん、ありがとう」

水野くんが作業に向けて気合いを入れるようにジャケットを脱ぐ。半袖のTシャツからしっかり筋肉のついた前腕が露わになり、胸がまたせわしなく疼く。

ジロジロ眺めるわけにもいかないので、私はそそくさとキッチンへ。職場で買った香り高いコーヒーのドリップバッグを開封し、気持ちを落ち着けるように深呼吸した。

「えーと、ドライバはインストール済み……機種名がこれで、OSのバージョンは……対応してるな。用語が特有でわからん。とにかく調べるか」

現状を確認するようにブツブツ言葉を発しつつ、インターネットを頼りに新たなウィンドウを開いていく。彼もDAWソフトを触ったことはないそうなのだが、仕組みや用語を「なるほど」とどんどん理解していくのがすごい。

作業を始めてものの二十分ほどで、ポロロンとピアノの音が出た。

「すごい！　鳴った！　壊れてるかもって思ってたのに」

「操作が複雑なだけで、壊れてはないぞ」

それを証明するように、楽器の設定を変えてピアノ以外にもギターやバイオリンなど、さまざまな音色を出す。また、マイクの方もDAWソフトで認識されたようで、水野くんの「あー」という声に合わせてボリュームのゲージが上下したり、パソコンのスピーカーから彼の声が出たりした。

「キーボードもマイクも、繋いで終わりってわけじゃなくて、入力ができる状態にするまでにすることが多いみたいだな。ＤＡＷソフト特有の用語がたくさんあるし、プロ向けって感じ。素人が使いこなすのは難しいよ、これは」

画面には数時間いじり倒しても私には辿り着けなかったボックスが多数立ち上がっている。それがなんなのかも、どこで立ち上げたのかも、さっぱりわからない。

「私、自分ひとりでここまで設定できる自信ない」

「じゃあ、ソフトの立ち上げから録音してファイルに起こすところまで、ひと通り一緒に練習しようか」

「助かります……！」

それから水野くんはネットで用語や操作方法を調べながら、覚えの悪い私に根気よく教え込んでくれた。自分だけでは意味がわからなかった解説サイトも簡単にわかりやすく説明してくれたおかげで、基本的な仕組みと操作はだんだんわかってきた。

「――ここの三角で範囲を選択して、『ソング』から『ミックスダウンをエクスポート』、保存場所を選んでファイルの名前を付けて……できた！　できたよ水野くん！」

「よし。そしたら次は、保存できたものを再生してみようか」

保存したファイルを開くと、録音した通りの音が再生される。彼はやりきったように息をつき、温くなったコーヒーに口を付けた。

　同じ画面を見ていたので、意図せず彼に近づきすぎている。それに気づいて、私も自分のカップを手に取りながら少し距離を取った。積極的になってみようと意気込んだものの、距離を詰めたままでいる勇気がない。

「本当にありがとう。調べてみても全然わからなくて、心が折れてたんだ」

「これは難しいと思う。そういえばマイク環境の設定がメチャクチャだったけど、わからずいろいろいじった？」

「うん、正解。それで余計にわかんなくなっちゃった」

「はは。やっぱりな」

　水野くんは笑いながら、慣れない手つきでキーボードを押しはじめた。「かえるのうた」を演奏して、「弾けた」と満足そうに笑う。かわいい。

　前に彼がここに来た時はまだ好きになる前で、部屋に彼がいてもこんなにドキドキすることはなかった。

「季村はさ、もういっそ、新しい機器を買ったら自分で設定する前に俺を呼べよ」

「え？　いいの？」

　嬉しい提案だ。機器の設定が苦手な人間としても、彼に恋する女としても。

「それが早いだろ。俺としても、基本設定がメチャクチャになる前に見せてもらった方が楽だし」

「なによ。私が自力で設定できない前提じゃん」

「いや。設定をメチャクチャにする前提」

「ひどーい！　自分ができるからってバカにして。まあ、本当のことだけど！」

「あははは」

気兼ねなく話せる今の関係で、十分楽しい。構ってもらえるだけで心が満ち足りてしまう。これまでいくらか恋愛経験はあるけれど、アプローチすることとすら尻込みしてしまうほど焦がれてしまったのは水野くんが初めてだ。

友人としていい関係を築けているので、変に踏み込んで今の関係を壊すのが怖い。以前は少女漫画や恋愛ドラマでウジウジするヒロインにイライラしていたのに、今は深く共感できる。

「じゃあ俺、そろそろバイト行くわ」

「うん。今日は本当に助かりました。今度なにかお礼するね」

「おう。じゃあ学食でもおごって」

水野くんは笑顔でそう言って、バイクでバイト先のカラオケ店へと去っていった。

結局、積極的にガンガン攻めることはできなかった。けれど、ふたりきりの時間を満喫できた。それで十分満足だ。

丑三つ時。今夜も拓朗は忽然と現れた。

「トモちゃん、ヘタレすぎ。前までそんなじゃなかったでしょ」

「現れてひと言目がそれ？」

拓朗が呆れた顔でこちらを見ている。ていうか、水野くんがいた時間に起きてたの？　三歳から姉弟のように育ってきた間柄とはいえ……いや、だからこそ恋路を直に覗かれるのは恥ずかしい。

「結構いい雰囲気だったのに、どうしてガンガン攻めなかったの？　もったいない」

「別にいいでしょ。私はあれで満足してるの。ああ、夢のような時間だった」

開き直ってうっとりとした表情を見せてやると、拓朗は眉間と鼻梁にシワを寄せてドン引きする。

「生きてる時から思ってたんだけど、トモちゃんが好きになる男って、だいたい俺とは友達にならないタイプだよね」

「ああ、たしかにそうかも」

今までの彼氏もそうだし、水野くんは特に、拓朗とはまるで正反対だ。

拓朗は感情豊かでノリのいいお調子者。すぐに人——というより私を頼ってくる甘え上手だが、意外と頑固なので空気を読まずに我を通す。体型は細身だ。

一方で水野くんは沈着冷静でしっかり者。リーダー気質で仲間思い。責任感が強く自分の仕事は自力で全うするし、人の話を聞いて柔軟に考える協調性もある。バドミントンで鍛えられているため、体型もがっしりしている。

このふたりの気が合うなんてことは、絶対にあるまい。

「私は硬派でしっかりしてる人が好きなの」

「え〜、硬派？　なんかスカしてる感じじゃん」

私の好きな人になんて言い草だ。お供え物、一品減らしてやる。薄くなってしまえ。

「はぁ？　水野くんはスカしてるんじゃなくて、クールなの。タクと違って、ヘラヘラ調子のいいことを言わないだけ」

「クールっていうより、ちょっと冷たくない？　あいつがトモちゃんに『ちょうどいい暇つぶし』って言った時、俺つい呪いそうになっちゃった」

「やめてよ！　あれはただの冗談だし、私のために親切で来てくれたんだからね」

呪いなんて、幽霊が言えば笑い事じゃなくなる。彼の魅力を拓朗にもわかってもらわねば。

水野くんとは一年生の四月、サークルに入った時から、ずっと同期として親しくしている。

一年生の間は、恋愛感情はなかった。当時水野くんには彼女がいたし、私にも短い間だが彼氏がいた。それでも、酒癖の悪い先輩から庇(かば)ってくれたり、雑用を手伝ってくれたりしたので、いい人だなとは思っていた。

恋愛感情を抱くようになったのは、昨年の夏。サークルの先輩の中にひとりいい加減な人がいて、頼まれるとなんでもホイホイ請け負いがちな私は、その人によく事務仕事を押し付けられていた。みんな薄々それに気がついてはいたものの、自分に火の粉が降りかかるのを恐れて見て見ぬふり。

けれど、水野くんだけは違った。

「俺も手伝う。つーかこれ、季村の仕事じゃないよな？　また押し付けられたんだろ」

「うん。でもまぁ、自分のスキルアップにもなるから」

実際、先輩に押し付けられた仕事をこなすことで、私にできる仕事は格段に増えたと思う。

「あの人がアテにならないのは俺もわかってる。けど、手一杯になる前に断るなり人に頼るなりしろ。他のやつらは知らんけど、俺は絶対に季村を手伝うから」

こんなことを言われては、もうひとたまりもなかった。嬉しくて心が震えたことを、今でも鮮明に覚えている。

言葉の通り、彼は私がなにか押し付けられるたびに手を貸してくれた。時には先輩に抗議してくれることもあった。

この春から幹事の一員になった今も、私がキャパオーバーになっていないか、よく気遣ってくれる。彼の優しさに触れるたび、恋する気持ちはどんどん大きくなっていった。

「どう？　水野くんのイイ男っぷりがわかった？」

長々と語りきった私は、充足感に満たされていた。秘めていた感情を解放するのは、なんて気持ちがいいのだろう。一方、拓朗はもううんざりという顔だ。グラスのコーラもいつの間にか半分近くまで減っている。

「わかったわかった。あいつが悪い人間じゃないことは、もう十分伝わりました」

「悪い人間じゃなくて、イイ男ね。絶対に呪ったりしないでよ」

呪うなんて、霊である拓朗が言うと、まったく冗談にならないのだから。

「そんなことより、機材、使えるようになったんでしょ？　曲作りを始める前に、ちょっと使ってるとこ見せて」

「わかった。準備するね」

ＭＩＤＩキーボードを繋いだ状態でＤＡＷソフトを立ち上げる。水野くんとの練習を思い出しながら、楽器を鳴らすための操作をこなしていく。楽器はグランドピアノを選択した。両手でキーボードを押すと、意図した通りの和音が鳴った。他にも打楽器や吹奏楽器の音に設定し、拓朗に聴かせていく。

「すげぇ。見た目はキーボードなのにちゃんとトランペットの音がする。これでガンガン曲が作れるね」

まだ基本操作がわかっただけで、初心者の私がガンガン曲を作れるとは思えない。けれど、水野くんのおかげで大きな一歩を踏み出せた。

「あ、そうだ。曲作りを始める前に、タクの好きな人のことも教えてよ」

私がそう言うと、拓朗はあからさまに照れた顔をした。

「ええ……どうしようかな」

「なによ。散々私の恋路を覗いておいて、自分は隠すつもり？」

そう責めると、拓朗は観念したように語りはじめた。

拓朗の想い人である「けいこさん」は、大学のふたつ上の先輩らしい。だとすると、今は卒業して社会人になっている可能性が高い。

拓朗が言うには、まるでファッション雑誌から飛び出してきたような、都会的で華やかな美人なのだそう。二年前に出会った当時は大学のイベントサークルの代表をやっていて、開催するイベントの出し物に軽音サークルのバンドを招くことが多かったため、サークルの部室によく顔を出していたのだという。

拓朗の軽音サークルでは、人気アーティストのカバー演奏が歓迎されていた。サークル内では、好きなアーティストが近い者同士がバンドを組み、バンド単位でライブやイベントなどに出演する。

しかし拓朗は、ソングライター志望なのもあり、オリジナル曲の演奏にこだわった。結果、バンドを組むことができず、やむなくソロで活動していた。

サークルでは定期的に、けいこさんたちが催すイベントの出演をかけたオーディションが行われる。審査員はけいこさんを含むイベサーの幹事たち。拓朗はオーディションが開かれるたびに、ギターの弾き語りでオリジナル曲を披露した。

しかし音楽をやるうえで、拓朗には致命的な欠点があった。歌だ。拓朗は残念ながら、音痴なのだ。シンガーソングライターではなくソングライター志望なのも、歌の才能がないからだった。

そんなわけで、オーディションはいつも惨敗。

「歌、もうちょっと練習した方がいいんじゃない？」

歌唱力のことを指摘されるのは、自覚があったので傷つくことはなかった。でも。

「あいつの曲、正直ダサくね？」

「なんか古いんだよな。歌詞も音も」

「もっと今っぽい曲を作れれば、ボーカルくらい見つかったかもな」

部室の中からこんな会話が聞こえてきて、拓朗は入り口のそばで立ちすくんだ。自分の陰口で盛り上がる部室に入れるわけがない。

俺の曲、そんな風に思われてたんだ……。名曲だと思い上がっていたわけじゃないけれど、ダサいとまで言われると、さすがに落ち込む。今日はもう帰ろう。

踵(きびす)を返し、その場を立ち去ろうとした時。

「そう？　私はいいと思ったけどな」

けいこさんの声が部室から聞こえたそうだ。

「最近の曲って、メロディーが複雑なものが多いじゃない？　でも拓朗くんの曲はシンプルだから、世代を問わず受け入れられそうだなって」

彼女の言葉で、黒く重くなりつつあった拓朗の心が猛烈な勢いで浄化した。

拓朗がその場にいての言葉であれば、お世辞だと思っただろう。けれど自分がいない場所、しかも批判の的になっている中での言葉だ。けいこさんはきっと、本当にそう思ってくれているに違いない。

けいこさんの言葉は、まさに暗闇に差し込む一筋の光だった。

誰かにダサいと思われてもいい。古いと思われてもいい。他のメンバーになにを言われても、腐らず歌を作り続けよう。きっと誰かには「いい」と思ってもらえる。

「そう思わせてくれたけいこさんは、俺の憧れであり、恩人なんだ」

拓朗は、穏やかな笑顔ではにかんだ。

「素敵な人なんだね。けいこさん」

「そりゃあ、もう。俺なんかが好きになるのすらおこがましいってくらい、高嶺(たかね)の花なんだけどね」

拓朗の作る歌を認めてくれた人がいるのは、私にとっても嬉しいことだ。曲作りを始める前にこの話が聞けてよかった。けいこさんに喜んでもらえるよう、私も頑張らなくては。

「ところで、曲ができたとして、どうやってけいこさんに届けたらいいのかな？」

私が問うと、拓朗の表情が固まった。

「それはまぁ、トモちゃんに探してもらうしか……」

「探す？　タクの実家に連絡してスマホとか見てもらったら、連絡先がわかったりしないの？」

拓朗はなにも答えず、申し訳なさそうに私から目を逸らした。

「まさか、連絡先すら知らないの？」

拓朗が視線を投げたまま頷く。

「勤め先とかは……」

今度は首を横に振る。私は絶望的な気持ちになった。

「連絡先すら交換できてないレベルで、私によくヘタレなんて言ってくれたな！」

自分のことを棚に上げるとは、まさにこのことだ。

「仕方ないだろ。アプローチなんかとてもできなかったし、連絡先を交換するチャンスが来る前に病気がわかって諫早に帰ったし……ちょっと、そんな憐れむような目で見ないでよ」

「だって、そこまで脈のない片想いだなんて思ってなかったから」

切ない。憧れだけの片想いにしたって、あまりに切ない。会うことすらできなくなったあげく、そのまま亡くなってしまった。未練が残って当然だ。

「とにかく、トモちゃんに憐れまれるような感じじゃないから。ほら、推しのアイドルにガチ恋するみたいな、楽しい片想いだって」

わかるような、わからないような。でも拓朗が楽しいと感じているのなら、それでいい。

「でもこのままじゃ、曲ができてもけいこさんに連絡が取れないよ」

「そこはほら、ネットの力を使ってガンガン探していこうぜ！」

「ネットでも難しいでしょ……」

水野くんの名前を検索したら都大会の結果が出るように、彼女の名前を検索すればなにかしらヒットするかもしれない。けれど、連絡先がわかるわけではないのだ。

「けいこさん、たしかInstagramやってるはず。そこから探せないかな」

はぁ、と深くため息をつく。やるだけやってみるしかない。

「それで、けいこさんのフルネームは？」

「ふじわらけいこ」

「漢字はどう書くの？」

「……わかんない」

前途多難。拓朗の成仏までの道は、この先も平坦(へいたん)ではなさそうだ。

3

翌日から、拓朗との曲作りが始まった。

最初の作業は、歌詞をWordに打ち込む作業だ。拓朗が口にした通りの言葉を打てばいい。簡単な作業だ。

「うわぁ。いざ伝えるとなると、なんか恥ずかしいな」

歌詞も詩の一種。思春期にうっかり書いてしまったポエムを覗かれるような気持ちになってしまうのは、想像がつく。

「でもそんなこと言ってたら、いつまで経っても完成しないでしょ」

私は現在進行形の恋路を覗かれているので、これでイーブンだと思ってもらいたい。

「そうだよな。羞恥心を捨てろ、俺。死んでまでこの世に残った意味を思い出せ」

拓朗は自分をそう鼓舞し、姿勢を整え、ようやく歌詞を口にした。

夢を見るって簡単じゃないね
夢を追うってうまくいかないね
まるで周りのみんな敵みたいだ
僕は歩くのさえ怖くなっていたんだ

はみ出してひとり　意地張ってた僕を
君だけ　認めてくれた

誰より眩しくて瞳を奪われた
夕暮れの空　光る宝石
君は僕の一番星だ
いつも心の中　輝いてる

けいこさんを一番星である金星になぞらえ、感謝と憧れ、そして切ない片想いが綴(つづ)られた、温かい歌詞だった。日頃の言葉遣いとは違う丁寧な言い回し。ただの自分語りではなく万人に当てはまる、絶妙な曖昧さ。

失礼を承知で本音を言えば、デリカシーに欠ける拓朗がこんな歌詞を書いたなんて信じられない。

　いつか胸を張って会える日まで
　そしてさよなら
　ありがとう

最後はこんな言葉で締め括られていた。拓朗はこの言葉を病床で綴ったはずだ。死が近づいていることを悟る中、いったいどんな気持ちでこの言葉を選んだのだろう。想像すると胸が締めつけられる。

「曲名はなんていうの？」

「まだ決めてない。完成してから考えるよ」

「そっか。わかった」

幽霊なので姿は見えないかもしれないけれど、いつか胸を張ってけいこさんに会いに行けるよう、私はこの曲を完成させなければならない。そう腹を括らされた。

時計を見ると、時刻は午前二時半を過ぎている。

「音の作業は明日以降にして、けいこさん探しをしよう」

私はそう言って、スマートフォンでInstagramを立ち上げた。小さな画面をふたりで覗く。

「ふじわらけいこ」と検索すると、約五十個のアカウントが表示された。世の中にはふじわらけいこさんがたくさんいるようだ。ひとつひとつをタップして、表示されたすべてのアカウントをチェックしていく。中には顔を出している人もいるが、顔を出していない人も多いし、投稿を非公開にしている人もいる。

「この人はどう？　顔出ししてるよ」

「違う人だね」

「この人は？　顔は出してないけど、同年代っぽい」

「うーん。投稿の内容的に、絶対に違うと思う」

「この人は？」

「違う。結婚していたとしても、子供がふたりもいるはずないよ」

検索で出てきたアカウントのすべてが探しているけいこさんでないことを確認したところで、拓朗は消えてしまった。

曲の完成まではまだ時間がかかる。別の方法でゆっくり探すことにしよう。

翌日の丑三つ時。拓朗が現れたのはベッドに寝転がる私のすぐ真横だった。

「わぁ！」

条件反射で飛び起きる。まったく、心臓に悪い。

「え、あれ？　俺、見えてる？」

自分が見えていることに気づいていなかったようだ。

「あんた、なんでこんな真横にいるの？」

「ごめん。時間が来るまで暇だったから、トモちゃんが見てる動画を俺も一緒に見てたんだ」

拓朗が現れるまでの暇つぶしに、私はスマートフォンで動画を楽しんでいた。

「スマホは覗かない約束でしょ！」

「普通の動画だったし、メッセージとかじゃないからいいかなって」

たしかにプライバシーに関わるものを見ていたわけじゃないし、拓朗も丑三つ時を待っている間は暇だろう。動画を横から覗いていたことは、この際まあいい。

「だからって、そんな体勢で見ることなくない？」

拓朗は幽霊で、物をすり抜けることができるのも承知している。けれど、頭だけべッドの上に出し、体の大部分がベッドの中に埋まっているというのは気味が悪い。

「だって、この体勢が楽だったから」

「楽だからって、やめてよ。生首みたいで怖い」

「そう？　じゃあ出るね」

拓朗は体を丸めながら、にゅうっと浮き上がった。

「ひっ……！　浮いてる……」

「今の俺に重力とかあんまり関係ないからね」

拓朗はそう言いながら、音も立てずに床に足を着いた。心霊現象に慣れてきたとはいえ、ここまで物理法則を無視されると混乱する。

「タクって昔から、人にどう見られてるかとかあんまり気にしないやつだったよね」

「そうだっけ」

「ほら。中学の時にもそんな話したじゃん」

あれはたしか、中学二年生の晩秋だったと思う。昼間は暖かいのに朝晩は冷える時期で、部活を終えて帰る時間にはマフラーを巻かなければならないほど寒くなっていた。

私たちが通っていた中学の制服はいかにも昭和っぽい地味な学ランとセーラー服だ

った。けれどマフラーの柄や長さには制限がなかったので、生徒たちはどんなマフラーを巻くかで個性やセンスを競っていた。

当時はモフモフしたボア生地のスヌードが男女ともに流行していて、ボア以外のマフラーを巻いている生徒たちは〝イケてない〟とされていた。

むろん私も流行に乗ってボアのスヌードを巻いて登下校していたのだが、拓朗ときたら、なんとフェイスタオルを首に巻いて登下校していたのだ。

「ちょっとタク、タオルなんて巻くのやめなよ」

「なんで？」

「なんでって、ダサいじゃん」

「別にいいだろ。普通のマフラーだとちょっと暑いし、これがちょうどいいんだよ」

ちょうどいいとかそういう問題ではない。中学生にとってはそのマフラーひとつで周囲の評価や扱いが大きく変わるのだ。拓朗はそれをわかっていない。

「ダメだよ！　身につけるものには気を使わないと、モテないよ」

「別に俺、モテたくねーし」

周囲に他の生徒がいたので、「嘘(うそ)つけ！　三組の川口(かわぐち)さんのことが好きなくせに」とは叫ばないでおく。

「とにかく、タオルを巻くのはやめなよ。自分がどう見られてるか、ちゃんとわかってんの？」

「え〜。どう見られてんの？」

「畑仕事してるおじいちゃんみたいに見られてる」

「うーん、それは嫌かも」

私の説得で、拓朗は首にタオルを巻くのをやめた。拓朗より早くファッションに目覚めていた私は、それからも制服の着こなし方や私服のチョイスにあれこれうるさく口を出した。

当時、服装にはてんで無頓着だった拓朗は、面倒くさがりつつも私がやかましいので、しぶしぶ言うことを聞いていたのだった。

「――ということがあったでしょ」

ひと通り話し終えたが、拓朗は首を傾げた。

「そんなことあったっけ？」

「嘘でしょ。覚えてないの？」

私、拓朗をダサい男にしたくなくて、あんなに頑張ったのに。

「そんなことより、曲作り始めようよ。俺が消えちゃう」

「はぁ……わかったよ。DAWソフト、立ち上げるね」

次の作業は、主旋律の打ち込みだ。拓朗の歌を聴いてメロディーを耳コピし、MIDIキーボードで演奏して確認。録音して、その音を伴奏作りの基準にする。

けれどひと晩で終えることのできた歌詞の入力と違って、メロディーの打ち込みはそうスムーズにはいかなかった。いかんせん、拓朗は音痴なのだ。

「トモちゃん、そこ、違う。音程はラララ〜ラ〜ラ〜ララ〜だってば」

「だからそう弾いてるじゃん」

「ララ〜の部分がちょっと違うんだよ。ラ〜ララ〜って、音が下がってるの」

「わかんないよ。こう？」

私は聞こえた通りの音を弾いているつもりなのだが、拓朗が作った音とは微妙に違ってしまうらしい。そのすり合わせに時間が取られてしまう。

「だーかーら、ラ〜ララ〜だってば！」

「だーかーら、私はタクが歌ってる通りに弾いてるんだってば！」

気心の知れた姉弟同然の関係なので、ケンカになることもある。すぐに仲直りできるのでそれはいいのだけれど、なにせ作業が進まない。

「くそー。俺にも鍵盤が押せたらガンガン入力できるのに」

拓朗は憎々しげに鍵盤を押そうとするが、指は空を切る。そしてふっと消えてしまった。

「えっ、タク？　もう消えちゃった……」

まだ二時半を過ぎたばかりだ。今日は姿が見えている時間が短かった。歌うのには話す以上にたくさんのエネルギーを使うのだろうか。もしくは、ケンカをしたことが原因かもしれない。

「はぁ……。これは想像以上に時間がかかるかも……」

静かになった部屋でひとりごちる。拓朗が消えて静かになると、DAWソフトを動かすのに無理をしているパソコンのファンの音がよく響く。

私はこれまでに打ち込んだメロディーを保存して、静かにベッドに入った。

拓朗が作った曲の構成は、イントロのあと、Aメロ、Bメロ、サビを2番まで繰り返し、最後にBメロと大サビが入るというポピュラーな形だった。それ以降も作業は思うように進まず、三日かけても1番のBメロまでしか辿り着けなかった。

五月も後半に入り、ずいぶん暖かくなってきた。丑三つ時に拓朗が現れる生活を始めて、約二週間。拓朗との生活があまりにエキセントリックすぎて、川に落とされ入院したのがもうずっと前のことのように感じる。

ただし、うちの家族はそうは思っていないようで、【体調はどう？】【変わりはない？】【調子が悪ければすぐに病院に行くんだよ】というようなメッセージがいまだに来る。変わりはあるのだが、拓朗のことは言えない。

拓朗と作曲作業をして、就寝できるのはだいたい午前三時過ぎ。しかし一限の講義を履修している日は朝八時に起きなければならない。当然寝不足だ。

起きたらまず、顔を洗って寝癖を直す。簡単にスキンケアをしながら、気分を上げるためにスマートフォンで音楽をかける。朝はたいてい最近流行(はや)りの曲を集めたプレイリストを再生する。そしてリズムに乗ったり歌を口ずさんだりしながら、着替えてメイクをする。身支度にかかる時間は三十分ちょっと。講義の始まる八時五十分に間に合うよう家を出る。

講義が終わったあとは、バイトに入ることが多くなった。シフトを増やしてもらったので、今は週に五日から六日勤務している。サークル活動は週に一回。なにもない日は梨乃や彩花と遊んだりご飯を食べたりしていたのだが、曲作りが終わるまでしばらくはそんな時間は取れなそうだ。

相模原に来てから、大学でも、サークルでも、バイト先でも、私はわりとうまくやれていると思う。自分を変えることができたのだと実感して、安心する。

高校生までの私は、友達付き合いがあまり上手ではなかった。明るい性格ではあるので、初めは誰とでもすぐに打ち解けられるのだけれど、しばらく経つと、なぜかみんな私から離れていくのだ。

「嫌われることをしてるつもりはないのに、どうして？」

ずっと疑問に思いつつも、理由がわからなかった。モヤモヤしたけれど、自分の悪い部分を人に指摘されるのが怖くて、誰かに相談することはしなかった。

答えをくれたのは、高校時代に所属していたバドミントン部の仲間だ。

「都萌実さぁ。そのマウンティング、いい加減ウザいよ」

真っ向から突きつけられた言葉は、ラケットで頭をガツンと殴られたような衝撃だった。マウンティングなんて、まったくしているつもりがなかったからだ。

心当たりのないことを指摘されて頭に血が上った私は、困惑しながら反論した。

「はぁ？　マウンティングなんてしてないよ」

「え、自覚ないの？　性格わっる」

「性格悪いとか、本人に言える人の方が性格悪いでしょ」

そうだよね？　と、他の部員に同意を求めようとしたけれど、みんな彼女の方に付いて、私の肩を持ってくれる人はいなかった。みんなも私のマウンティングがウザいと思っているのだと、この時初めて知った。

それからすぐ、私は引退を待たずに部活を辞めた。高校三年の五月だった。中学から続けていたバドミントンを、最後の大会直前で投げ出すことになってしまったけれど、みんなにウザがられながら続けられるほど、私の心は強くなかった。

仲間に言われた言葉があまりにもショックで、そのことばかり考えて、しばらく勉強も手につかなかった。

自分のなにが悪かったの？　どんな言動がマウンティングだと思われたの？

それまでにも細々（こまごま）した反省をすることはあったが、生まれて初めて自分自身を根本から省みた。部活を辞めたことでできた孤独な時間を使い、考えに考えて、私はゆっくりと自分という人間を理解していった。

私は幼い頃から器用な人間だった。勉強もそこそこできたし、スポーツや音楽でも、少しの努力でおおむね平均以上の成果を出すことができた。

だから私は、「自分は有能で、周囲と比べて特別に価値のある人間だ」と、盛大な勘違いをしていた。そして「そんな自分の価値を周囲に知らしめたい」と、潜在的に思っていた。なによりタチが悪いのは、それをまったく自覚していなかったことだ。自覚がないのだから、抑えようがない。この醜い潜在意識は、私の態度や言葉の端々に出てしまっていた。

ここまで思い至ると、自分がやらかしてきたひどい言動が次々と想起された。

「地区大会でたまたま優勝しちゃって、県大会に出なきゃいけなくなっちゃった。中間テストが近いのに、勉強の時間が取れないよ。どうしよう」

「バドミントンの練習ばっかであんまり勉強できなかったけど、意外と点は取れてたみたい。学年順位十位以内に入ってて、我ながらびっくり」

その時の私は「たまたまうまくいった」という体で話しているつもりだったけれど、冷静に思い返せばみんなに「すごいね」と褒めてもらいたいのが丸わかりだ。こんなのただの自慢でしかないし、「私は部活でも勉強でも、あなたたちより優れているのよ」と言っているように思われるのも無理はない。

しかも、これが無意識なのだから性根が腐っている。完全に承認欲求モンスターだ。

周囲、特に近しい人ほど、嫌な思いをしたに違いない。

しかもこのモンスターときたら、周囲の反応がだんだん鈍ってくると、不満を覚えてよりいっそう自分の実績をアピールしたがるのだ。

ねぇ、私すごいでしょ。こんなこともできるし、こんな才能もあるんだよ。私のことを認めてよ。もっとたくさん褒めてよ。素晴らしい人間だって崇めてよ。悪気はなかったけれど、心の奥にはいつもそんな気持ちがあった。とにかく自分をちやほやしてもらいたかった。自分勝手な承認欲求をぶつけていたのだから、親しくなるほど人が離れていくのは当然だし、友情や恋愛が長続きするわけもない。

こんなの、自分が気持ちよくなるために友達を利用しているのと一緒だ。なんて下品で厚かましいことをしていたのだろう。

十八歳にしてやっとそれを自覚した私は、己が恥ずかしくてたまらなくなった。当時の自分の行いを思い出すと、今でも胸がキリキリと痛み、苦しくなる。けれど今さらどんなに悔いたって、やってしまったことは変えられない。変えられるのは今と未来だけ。

だから私は、実家から通える地元の大学ではなく、都会の大学を受験することにした。自分を変えて、誰もこれまでの私を知らない場所で、人間関係を一からやり直すために。

しかし、無意識に調子に乗っていた私のことをウザがらず、心から慕ってくれる友人が、ひとりだけいた。拓朗だ。

「やっぱトモちゃんはすげーなぁ」

「トモちゃんはなんでもできてうらやましいよ」

拓朗だけは、いつも変わらずそう言ってくれた。私がなにを自慢してもたくさん褒めてくれたし、どんな成果も認めてくれたし、なにがあっても私の味方でいてくれた。なにかと面倒なことを頼ってくるけれど、それは私を価値のある人間だと認めてくれているからだと実感できて嬉しかった。

私は素直で優しい拓朗に、ずっと救われていたのだ。

取り憑かれて川に落とされても恨むことなく、無理難題を押し付けられても拒否することなく、ただ力になりたいと思えるのは、拓朗に多大な恩を感じているからだ。

志半ばで亡くなった拓朗の、最後の願いを叶える。

私にできる恩返しは、もうこの曲作りしかない。


「トモちゃん、起きて」

拓朗に呼ばれて目を覚ました。眠ってしまっていたようだ。

「あれ、もう拓朗が出てくる時間か……」

あくびをしながら体を起こす。拓朗はテーブルのお供え物の前にあぐらをかいている。

「なんだかうなされてたけど、嫌な夢でも見てたの？」

「うん。昔のこと思い出してたら、夢に出てきたみたい」

「昔のこと？　どんな？」

立ち上がり、拓朗に出すコーラを準備しようとキッチンへ向かう。深夜はとても静かで、炭酸がシュワシュワと弾ける音がよく響く。

「高校時代にさ、私、部活を辞めたじゃん？」

若干透けている拓朗にグラスを出す。中身が少し減って、透け感がなくなる。ここ数日は出てくる時に透けていることが多い。

「あれ？　トモちゃん、みんなが引退するまで続けてなかった？」

「え、辞めたよ。部員とケンカしたって、タクにも言ったじゃん」

「そうだっけ？」

と、拓朗は首を傾げる。あの時はさすがに私も拓朗の前でちょっと泣いてしまって、ずいぶん慰めてもらったのに、忘れたの？

「トモちゃんが頑張って成果を出しているのは事実なんだから、それを妬む人の言葉なんて聞かなくていいよ」

「俺はいつもトモちゃんをすごいと思ってるし、トモちゃんの味方だから」

拓朗は鼻息荒くそう言ってくれた。すごく嬉しかったのに。忘れてしまったなんて、ちょっと残念だ。

「まあいいや。作業の続き、やろうか」

「うん」

昨夜、ようやく主旋律の打ち込みが終わった。1番の最後までメロディーがわかれば、2番や大サビはだいたい同じなので、そこからはスムーズだった。

しかし今夜から始まる作業はまたハードになることが確定している。

「さぁ、いよいよ伴奏を作っていくよ」

拓朗が幽霊とは思えないイキイキした表情で告げた。かたや私は不安が隠せない。

「伴奏って、どうやって作るの？」

主旋律の打ち込みだけで一週間も費やしてしまった。音を複雑に組み合わせる伴奏を一から作るとなると、完成までに一年近くかかってしまうのでは？

そんな私の不安を撥ね除けるように、拓朗は得意げに口角を上げる。

「俺はギタリストだからね。基本的に、コード進行を決めてからメロディーを作るんだ。そのコードをベースにすれば、案外簡単に作ることができると思うよ」

コードとは和音のことだ。アルファベット音階をもとにして、種類ごとに名前が付いている。たとえばCはド・ミ・ソ、Dはレ・ファ♯・ラ、Eはミ・ソ♯・シを基本にした明るい和音で、メジャーコードと呼ばれる。また、真ん中の音を半音下げたマイナーコードというのもあって、悲しい雰囲気を表現できる。他にもセブンスコード、オーギュメントコード、ディミニッシュコードなど、さまざまな種類がある……らしい。

「待って待って。そんなにたくさん覚えられない！」

「大丈夫。シンプルなコードしか使ってないし、トモちゃんなら余裕だって」

私の能力を信用してくれることは嬉しいけれど。

「タクは私を買い被りすぎ！」

「そんなことないって。さぁ、ガンガンコードを打ち込んでいこう！」

案の定、コードの打ち込みは困難を極めた。

基本のメジャーコードとマイナーコードを指で覚えることは、そう難しくなかった。けれど拓朗が、「そこ、低い音が欲しい」と注文をつけてきたり、「やっぱりここはセブンスでいきたい」などと難度の高い方に変更したりする。

極めつきは、確認のために再生していると、「うーん、なんか違う」と言い出し、苦労して打ち込んだ部分をさらに修正したりもする。なかなか進まない。

「コードは全部頭の中にあるんじゃなかったの？」

「ギターの音とピアノの音だと、感触が違うんだよ」

それには同意するけれど、修正のたびに私の気力はガリガリ削られていった。

コードの打ち込み作業を始めて数日が経った頃、私の中で大きなイノベーションが起きた。演奏した音をコピー&ペーストできることに気づいたのだ。なかなかＤＡＷソフトを使いこなせなくて悪戦苦闘していたけれど、この機能に出会えたのは幸運だった。

「すごい！　ＤＡＷソフトってこんなこともできるんだ！」

「うわ〜、おもしろいなぁ。俺も生きてる間に自分で使いたかった」

使用するコードをあらかじめ一小節分ずつ作っておき、主旋律に合わせてそれをコピペする。何度も弾いて録音する必要がなくなったので、作業はとても効率的になった。

文明の利器は本当に便利なんだなと感心する。すべての機能を使いこなすのは難しいけれど、少しずつ上手に使えるようになっているのが嬉しい。

「タク、そろそろ消えちゃう時間だね」

「うん。すでにちょっと疲れてきてる」

「じゃあ、残りのところ、コードの種類だけ先に教えて。タクが出てこられない時間に作っておくよ。明日からは、それを再生しながら変えたいところを直していこう」

「それいいじゃん！　効率よくガンガン行けそう！」

地道で面倒な作業だけれど、日々自分たちの成長を感じられる。最初に感じていた「私に曲作りなんてできるのだろうか」という不安は、もうほとんど消えていた。


今日は週に一度のサークル活動の日だ。私たちはたいてい相模原市内の体育館を借りて、男女混合のダブルスでバドミントンを楽しむ。

「それでは、今日のペアと試合の順番を発表します」

代表である水野くんが、手に持っているタブレット端末を操作する。タブレットにはサークル用のアプリが入っていて、男女別に参加するメンバーの名前を入力すると自動でペアと試合を組んでくれる。

ペアと試合順が決まったら各ペアでウォーミングアップと軽い練習をして、試合開始。今日の私のペアは後輩の男の子で、三つめの試合で水野くんと当たった。

週に五日の大学。ほぼ毎日のアルバイト。それに加え、連日連夜の作曲作業。拓朗が消えてからもしばらく自分だけで作業を進めるようになって、寝不足がより深刻化している。

体調は悪くないけれど、いつもより頭が回っていない気がする。また、長い時間パソコンの画面を見ているせいか、目の奥が重いし動体視力が格段に落ちている。シャトルが目で追いづらい。これが眼精疲労というやつだろうか……などとぼんやり考えていた時。

「季村！」

名前を呼ばれた瞬間、目のあたりに強い衝撃が。本能的に目を閉じたものの、衝撃を受けた部分に痛みが走る。直後、足元でコロンとシャトルが落ちる音がした。どうやら私は、顔面にシャトルを受けてしまったらしい。しかも、水野くんの強烈なスマッシュを。

「いったぁ〜」

自分から情けない声が出た。患部を手で押さえ、その場にへたり込む。

ペアの後輩、そして水野くんが心配して駆け寄ってきてくれた。

「季村！　大丈夫か？」

バドミントンに使われるシャトルは、五グラム程度でとても軽い。しかしながら男子選手が繰り出すスマッシュは時速三百キロ近くにもなるため、勢いのあるまま体に当たるとなかなか痛い。

「ごめん……。試合中なのに、ボーッとしちゃってた」

痛むのは右目の上の外側あたりだ。皮膚も筋肉も薄いところなので、骨にガツンと来た。

「季村、ちょっと見せて。あぁ……赤くなってきてるな。誰か！　冷やすもん持ってきて！　スプレーはダメだ。目に入る」

水野くんは責任を感じているのか、甲斐甲斐しく世話を焼こうとする。

「ごめんな。痛いよな」

「別に血が出てるわけじゃないし、大丈夫だよ」

わざとではないとわかっているし、私が打ち返せなかっただけだ。こちらこそ申し訳ない。

「大丈夫なわけあるか。アザになるかもしれない。本当にごめん」

「いやいや、悪いのはボーッとしてた私だし」

「ちょっと腫れてきてる。とりあえずこれ当てて」

水野くんが近い。顔が熱くなる。余計に腫れてしまいそう。水野くんが差し出してきた冷たいペットボトルを当てる。水滴でメイクが崩れそうだが、そんなことを気にしている場合ではないだろう。

試合は中止となり、私のチームの不戦勝ということになった。私は大事をとって今日はリタイア。私の代わりに、水野くんのペアの女子が私のペアの男子と組み直して、以降の試合に出ることになった。

「俺、季村を家まで送ってくるから、あとは頼んでいいか？」

水野くんが幹事のひとりにそう声をかけた。幹事は快く「いいよ」と応える。

「私、ひとりで帰れるって。これくらい大丈夫」

「いいから。女の顔に傷をつけた罪くらい償わせろ」

私は着替えもさせてもらえぬまま、水野くんに押し切られるような形で体育館を出た。

水野くんに送ってもらうということは、バイクの後部座席に乗るということだ。照れと緊張で患部に熱が巡る。嬉しいけれど逆効果のような気がしてならない。

「ヘルメット、目に当たったって痛くない？」

「ううん。大丈夫」

状況に舞い上がって、この程度の痛みなんてどうでもいい。不幸中の幸い……なんて思ってしまうのは、本気で心配してくれている水野くんに対して不謹慎か。

バイクの後部座席に乗るのは、思ったより難しかった。荷物を水野くんに預かってもらい、両手を使ってなんとか座席を跨ぐ。乗ってみると意外と視界が高い。座席と座席の間はわりと広くて、運転手と密着することはない。

「手はこの下のところを掴んどいて。じゃあ、いくぞ」

エンジンがかかり、その振動が高鳴っている胸に響く。私に気を遣っているのか、ゆっくりと発進してくれた。初めて乗ったバイクは、スピードが想像以上でちょっぴり怖かった。

十分程度で私の自宅アパートに到着し、慎重にバイクを降りてヘルメットを返す。

「送ってくれてありがとう。水野くんは悪くないからね」

「責任感じるよ。やっぱり腫れて変色してきてるし」

少し痛かったけれど、おかげでまた水野くんと距離が縮まった気がする。これも拓朗がたぐり寄せてくれた縁のおかげなのかもしれない。

彼はすぐに体育館に戻るそうだ。上がってお茶でも、とは誘えない。

でも、前回彼が部屋に来てくれた時は、それだけで満足して自分からはなにもアクションが起こせなかった。今度こそチャンスを活かすべきだ。次はないかもしれないのだから。

私は深く息を吸い、お腹のあたりに力と勇気を込める。

「水野くん！」

「ん？」

「よかったら今度、一緒にご飯でも食べない？　この間のお礼も兼ねて、私がおごる。学食よりおいしいやつ」

水野くんは一瞬ぽかんと目を丸くした。けれどすぐに笑顔を見せてくれた。

「いや、俺がおごるよ。今日のお詫び。ふたりでうまいもん、食いにいこう」

ふたりで、と彼の方から言われて心が跳ねた。これはもしかして、デートになるのでは？

「それじゃあお礼ができないよ」

「じゃあもう割り勘でいいんじゃね？　お互いがお互いにおごるってことで」

「そういうことなら、わかった。いつにする？」

「大学とサークルとバイトがない時ならいつでも」

「水野くん、夜はたいていバイトだよね。じゃあ、次の土曜日にランチはどうかな？」

「土曜の昼なら空いてる。そこにしよう。あとで連絡するわ」

水野くんはさらりとそう告げ、バイクを走らせ体育館へと戻っていった。

誘ったらあっという間に約束になってしまった。自分から「ふたりで」とは言い出せなかったのに、まさか水野くんの方からそう言ってくれるとは思ってもみなかった。

「水野くんと、ふたりでランチ……」

絶対に片想いだろうと思って、半分諦めていた。勘違いかもしれないけれど、わざわざ貴重な休日にふたりで会ってくれるくらいだから、思っていたより可能性があるのかもしれない。

私はときめきを持て余し、しばらく呆然（ぼうぜん）とその場に突っ立ってしまった。

その夜、丑三つ時。

「トモちゃん、幽霊みたい。気持ち悪いし怖い」

私は現れた本物の幽霊に怖がられてしまった。

「幽霊に幽霊みたいって言われたくないんだけど。ていうか気持ち悪いってなによ」

「だって片目がぷっくり腫れてて痛そうなのに、なんだかニヤニヤしてるし。そんな顔が暗い部屋でパソコンの明かりに照らされてたら、誰だって怖いでしょ」

明るいうちに帰ってきて以降、ずっとパソコン作業に集中していたから、照明を点けるのを忘れていた。私は立ち上がり、お気に入りのシャンデリアのプルスイッチを引く。カチッという音とともに、部屋が暖色のライトに照らされる。

拓朗は呆れ返ったように顔を引き攣らせていた。

「うわ。目の腫れ、思ったよりひどいね」

シャトルの当たった右目は、時間が経つほど腫れていった。帰宅してからも保冷剤で冷やしてはいたのだが、パンパンに膨れて青アザになっている。右目は六割程度しか開いておらず、視界が狭い。

「ちょっとドジって、シャトルを顔面で受けちゃった」

「見てた。水野が打ったやつだろ？」

拓朗は不満そうに眉を寄せている。なんだ。見ていたのか。

「わざとじゃないんだから仕方ないでしょ。私が避けられなかっただけ」

それに、このことがなければ食事に誘ったりできなかった。アザは痛いし嫌だけれど、起きてしまったことはもう仕方がないので、ポジティブに捉えたい。

「くそっ。あいつ、トモちゃんの好きな人でなければ絶対に呪ってる」

「そういう物騒なことは本当にやめて。タク、どうしてそんなに水野くんのこと嫌いなの？」

「別に嫌ってはないよ。トモちゃんにもっと優しくしてほしいだけ」

「水野くん、優しいよ？」

拓朗はますます眉間のシワを深くした。

「あいつの性格が優しいことはわかったよ。でも、ちゃんとトモちゃんを大切にできるのか、この目で確かめないと安心できない」

「親みたいなこと言わないで。付き合っているわけでもないのに」

可能性を感じられるようになったとはいえ、まだ私の片想い。それに、友人としては十分すぎるほど大切にしてくれている。

「……時間の問題だと思うけどなぁ」

拓朗がボソッとなにか言った。私にはよく聞き取れなかった。

「あーもう、水野くんのことはいいって。そんなことより曲作りしよう。タクに指定されたコードは貼り付けておいたから、聴いてみて」

再生ボタンをクリック。打ち込んだメロディーが部屋に響く。

主旋律に四拍ずつの和音を重ねただけなのだが、曲は驚くほど豊かになった。これからアレンジを加えていけば、もっと華やかになっていくだろう。

拓朗が作ったメロディーは、優しくて綺麗だ。サークルの仲間に古くてダサいとバカにされたという話を聞いたが、たしかにちょっと懐かしい感じはする。けれど、決してダサくはない。

拓朗が作ったこの優しい曲を、今はまだ、この世で私しか知らない。

私にはこのことが、とても特別で愛しく感じられた。

4

水野くんとの待ち合わせは、午前十一時、JR町田駅の北口にある高架広場、まほろデッキのモニュメント前。朝から張り切っておしゃれした私は、時間より十分ほど早く到着した。

淵野辺から町田までは各駅停車で二駅。町田は東京の中でもあまり目立たない街だが、JR横浜線のほかに小田急線も乗り入れているし、駅の周辺には大きな商業施設がいくつもあって、結構栄えている。相模原市で暮らしている私たちにとっては渋谷や新宿と同等……というのはさすがに言いすぎだが、とても重宝する街だ。

　ふだんはパンツスタイルが多い私だけれど、今日はスカートを選んだ。胸まである髪はヘアアイロンで軽く巻き、まとめ髪アレンジを施している。露出した耳にはお気に入りのピアスを着けた。我ながら浮かれているとは思うけれど、好きな人に少しでもかわいいと思ってもらいたい乙女心だ。

　先日負傷した右目は、腫れは引いたけれど、アザがまだ残っている。コンシーラーで目立たなくはしているが、完全に隠せるわけではない。いつもと同じメイクをすると右目だけケバく見えてしまうので、左目のアイメイクを濃くしてバランスを取った。遠目ではそう不自然に見えないはずだ。

　今日は土曜日だし、天気もいい。広場には駅からたくさんの人々がやって来ては街や駅ビルへと流れていく。そんな街の様子をぼんやりと眺めていると、商業施設のディスプレイが雨をテーマにしたものになっていることに気づく。間もなく梅雨が訪れるのだなと、街の景色に教えられた。

　あと数日で五月が終わる。拓朗が亡くなって、もうすぐひと月が経つ。この一ヶ月で一生分の不思議体験をしているなぁ、などとぼんやり考えていると、水野くんが階段を上ってきているのを見つけた。

「水野くん！」

彼が探しているようなので、私から声をかける。気づいた彼がにっこりと白い歯を見せた。その笑顔に、胸がきゅうっとなる。

「季村！　お待たせ」

「そんなに待ってないよ」

「あれ、今日はいつもと雰囲気違うな」

いつもと違うことに気づいてくれて嬉しい。

「私だってお休みの日に出かける時くらい、おめかしするよ」

あなたとのデートのために気合いを入れておしゃれしました、とはさすがに言えない。水野くんはいつも通り、私好みのシンプルな装いだ。

私の言葉に、彼はくつくつと喉を鳴らして笑う。

「おめかしって。季村はふだんから綺麗じゃん」

「ふぁっ……？」

〝綺麗〟の不意打ちに変な声が出た。水野くんは私に限らず、女の子をこんな風に褒めることとなんてほとんどない。会ってまだ数十秒なのに、私の心は喜びと驚きでいっぱいいっぱいだ。

「目は……よくなってるな。よかった。でも、本当にごめん」

「うん。順調に回復してるよ。大丈夫だから、もう謝らないで」

まだアザが残っていることは、伝えるまでもない。彼にはこれ以上罪悪感を持ってほしくない。

「じゃあ、行くか。人気のある店らしいから、もう並んでるかも」

「ほんと？　急ごう」

私たちの目当ては、小田急線の北口側にあるアート感溢れるおしゃれなカフェだ。全席ソファー席でゆったり過ごせるし、ランチが美味しいと大学内でも評判になっていて、ずっと行ってみたいと思っていた。水野くんと行けるなんて最高だ。

到着した時には、店はすでにお客さんで賑わっていた。タイミングよくふたり席が空いて、並ばずに入ることができた。名物であるというロコモコプレートを注文し、おしゃべりをしながら到着を待つ。

「そういえば季村、音楽の方はどうなの？　ＤＡＷソフト、使えてる？」

「うん、なんとかね。使いこなせてはいないけど、必要な機能は使っているうちに慣れてきた。水野くんのおかげだよ。本当にありがとう」

水野くんに頼れなかったら、私たちは音すら出せずに諦めていたかもしれない。私は拓朗と違って誰かに頼るのが苦手なので、水野くんは私が意地を張らず素直に頼ることができる数少ない友人のひとりだ。

「またなんか困ったら俺に言って。設定をメチャクチャにする前に」

「ひと言多いよ。でも頼りにしてます」

水野くんは、サークルの時はまじめでクールで大人っぽいけれど、こうして個人的に話すと冗談も言うし、笑顔も見せてくれる。会話も楽しい。人を好きになるのは理屈じゃないといわれるが、理屈で考えたって、彼は魅力的な人だと思う。

「お待たせしました。ロコモコプレートです」

いいタイミングで運ばれてきたロコモコプレートは、評判通りの美味しさだった。

「うまっ」

「本当だね。他のメニューも食べてみたい」

「そうだな。また来るか」

「うん。そうだね」

ぜひ、またふたりで……という言葉は飲み込んだ。まだそう言えるほどの勇気はない。でも、もっと一緒にいたい。誰よりも近づきたい。私と同じ気持ちになってほしい。先日家に来てくれた時はそれだけで満足だったけれど、欲が出てきている。

ヴ――ヴ――

テーブルの端に置いていたスマートフォンが震えだした。登録のない番号からの電話だ。市外局番から、相模原市内か町田市内からの発信であることはわかる。

「出たら？」

水野くんがそう言うので、席を外して通話ボタンをタップした。

「もしもし」

「お忙しいところ失礼します。私、アサギ不動産のカワセと申します。季村都萌実さんのお電話番号で間違いないでしょうか」

電話の主は、私が暮らすアパートの管理会社の女性だった。

「はい。季村です」

管理会社といえば、三月にアパートの更新手続きをした。その時の書類になにか不備でも見つかったのだろうか。

のんきに構えていたのだが、女性の次の言葉に、私は大きく動揺することになる。

「他の入居者の方から、苦情が来ています」

「えっ……、苦情？」

「深夜に話し声や歌声、楽器の音が聞こえてきてうるさいと、複数の入居者様からご連絡がありました。季村さん、なにかお心当たりはありますか？」

ざわざわと音を立て、血の気が引いていく。心当たりがありすぎる。

「すみません……知人の曲作りを、手伝っていて」

大声は出していないつもりだったが、つい白熱することもあった。音量にも気をつけているつもりだったが、静かな深夜には響きやすかったかもしれない。

「隣室の安眠妨害行為にあたりますので、夜十時以降はお静かにお願いします。改善が確認できない場合は、退去をお願いしなければならない場合もありますので」

「はい……。申し訳ありませんでした」

深く謝り、電話を切る。心臓がドクドク鳴っている。水野くんと待ち合わせしている時のときめきとはまったく違う、嫌な鼓動だ。暑くもないのに、嫌な汗をかいている。

どうしよう。拓朗は丑三つ時にしか出て来られないのに。これから曲作りは、もっと話し合って作らなきゃいけない段階なのに。

「どうした？　顔色悪いぞ」

席に戻った私の顔色がさっきまでと変わっていることに、水野くんは気づいたようだった。

「うん、ちょっとね」

苦情をもらったなんて、恥ずかしくて言えない。呆れられたり嫌われたりしたくない。

「大丈夫か？」

「うん。冷める前に食べなきゃね」

うまく笑顔が作れない。せっかく水野くんとのランチなのに。ロコモコもとびきり美味しいのに。まるで重力が五倍になったのではないかと思えるくらい、頬の筋肉が重い。

苦情のことで頭がいっぱいになってしまった私は、もうそれ以上デートを楽しむことができなかった。そんな中で彼といい雰囲気になることなど当然なく、この日はランチを食べただけで解散となった。

丑三つ時。私は拓朗が現れるなり、苦情のことを伝えた。

「そっか……それは申し訳ないことをしちゃったね」

「うん。だから今日からは極力静かにやらないと」

パソコンの音量を下げ、できるだけ小声で話す。これまでのようにバカな話をしてゲラゲラ笑ったり、ムキになってケンカしたりするのは控えなければならない。

「せっかくトモちゃんと話せるのに、こんな声でしか話せないのは寂しいな」

拓朗が小声で呟くように告げる。楽しい時間を奪われてしまったような寂しさを感じてしまうのは、私も同じだ。

「こうして話せているだけでも、ありがたいことでしょ」

「そうだけどさぁ。ああ、昼間に見えるほどの力がない自分が恨めしいよ」

「私も、自分の霊感がもっと強ければって思うよ」

拓朗と私は数秒間互いに目を見合わせた。考えていることは同じだろうと、付き合いが長いからこそわかる。

「俺、お供え物を腹いっぱい食べれば、昼にも見えるようになるかな」

「私、霊感を鍛える修業とかをすれば、昼にも見えるようになるかな」

言葉を発したのは同時だった。

「私、家中の食料持ってくる」

パントリーにしている棚に、カップスープとかパスタ麺とか「うまかっちゃん」がたくさんあるはずだ。冷蔵庫には卵とヨーグルトくらいしか入っていないけれど、冷凍庫には食パンが入っている。

「今からすぐに食べられそうなのは、カップスープとうまかっちゃんかな」

「うまかっちゃんあるの？　食いたい！」

うまかっちゃんとは、九州のソウルフード的なとんこつ味の袋ラーメンだ。日曜のお昼といえばコレと言えるほど、九州人の食生活には欠かせない。関東地方のお店にはほとんど売られていないため、たまに実家の母に送ってもらっている。

「わかった、すぐ作る。タクは卵入れる派だよね？」

「卵もあるの？　うわぁ、やった〜！」

テンションを上げた拓朗に「しーっ」と人差し指を立てる。私はすぐさまキッチンに移動し、鍋に水を入れ火にかけた。

湯が沸くのを待ちながら、スマートフォンで【霊感の鍛え方】を検索。検索結果に出てきたページを片っ端から流し読みしていく。怪しい商材の宣伝は避け、参考になりそうなページを次々とブックマークする。

鍋がブクブクしはじめた。黄色い袋を開け、白い麺を鍋へ。粉末スープと調味オイルを取り出し、袋に残っている細かく砕けた麺を口に入れる。行儀が悪いけれど、茹でる前の麺はスナック菓子っぽくて美味しい。

麺がほぐれたら粉末スープを投入。さっと混ぜて、そこに卵を落とす。卵白が固まったら出来上がり。黄身を潰さないようにどんぶりへと移し、付属の調味オイルをかけ、部屋へ戻った。

「懐かしくていい匂いがする。トモちゃんありがとう。いただきます！」

拓朗は目を輝かせながら手を合わせた。一応箸を付けたのだけれどそれは使わず、手を合わせたまま目を閉じる。スープが軽く震え、拓朗が「あちっ」と呟いた。

「はぁ〜、美味い。やっぱラーメンはこれだよね」

やはり口は付けないし麺をズルズル啜ってもいないのに、ちゃんと食べているらしい。幽霊になった拓朗の飲食風景はいつ見ても不思議だ。

「しっかり食べて、パワー上げて」

「うん。なんとなく、なにかが満たされた感じがする」

「私もいろいろやってみるよ。まずはこの瞑想と呼吸法ってやつから始めようかな」

ベッドの上にあぐらをかいて座り、目を閉じる。背筋を伸ばし、おへその下に力を込める。その状態で鼻からゆっくり息を吸い、その倍の時間をかけて口から吐き出す。聴覚と嗅覚を研ぎ澄ませ、普段は意識しない音や匂いを感じ取る。

……うまかっちゃんの匂い。拓朗の「うまっ」という声。

「ダメだ。まったく集中できない」

「ダメだ。もう腹いっぱい」

言葉を発したのは、またもや同時だった。拓朗はお腹をさすっているが、どんぶりの中身はたっぷりと残っている。

「ほとんど食べてないじゃん」

拓朗は食が細い方だったけれど、ラーメン一杯くらいは食べられたはずだ。

「え〜、もう十分食べたよ。物理的に減らないだけじゃない？」

「なんか、もったいないね」

「トモちゃんが食べなよ」

こんな時間にラーメンって……と思いながら、食べ物を無駄にしたくないので箸を取る。まだ湯気の上がるスープを飲み、麺を啜る。拓朗が食べ残したうまかっちゃんは、いつもの分量で作ったはずなのに、なんとなく味が薄かった。


その日の明るい時間。私はずっと拓朗が現れるのを待っていたけれど、姿が見えることも声が聞こえることもなかった。

「そんな簡単にはいかない、か……」

ちょっと瞑想したくらいで幽霊が自在に見えるようになるのなら、誰だって霊能者だ。幽霊だって、ラーメンを供えられた程度で姿を見せられるのなら、毎日遺族と会えるだろう。私と拓朗はあくまで奇跡的にコミュニケーションを取れているだけなのだ。

私は甘く考えていたことを反省して、もう夜中にラーメンは食べないと誓った。

そして深夜、丑三つ時。拓朗が現れたと思ったら、テレビ横の狭い隙間で体育座りしていた。

「あんた、なんでそんなとこに挟まってんの？」

「昨日、せっかくラーメン作ってもらったのに……頑張って明るい時間に起きたのに……全然トモちゃんに気づいてもらえなかった……」

とはいえ昨夜ラーメンを食べた効果は多少なりともあるようで、今日はいつにも増して見え方がくっきりしている。けれど思惑が外れて落ち込んでいるようだ。

「昼間に私たちが会うのは、そう簡単じゃないってことだよ。だったら夜、静かに頑張ろう。無駄なことに時間と労力を使うより、与えられた条件でベストを尽くせばいいじゃん」

「さすがトモちゃん。言うことが大人みたいだ」

「いつか読んだ本の受け売りだけどね」

私たちはこれまでの作業で、前奏を完成させている。今はAメロの伴奏を作成中だ。

伴奏の作り方は想像していたほど難しくはなかった。以前打ち込んだコードに使われている音を使って、雰囲気に合うメロディーを組み合わせていくのだ。

ピアノを演奏できる私が、あらかじめメロディーを作っておく。それを拓朗が聴いて、「いいね」と言えばそれを採用し、「イメージと違う。もう少し和音を抑えて」などと注文が入れば、それをふまえて新たにメロディーを作る……という作業の繰り返し。一度に多くは作れないけれど、一歩ずつ前に進めている実感があった。

しかし苦情を受け、昨夜から音量を半分に絞った結果。

「ごめん、よく聞こえなかった。もう一回弾いて」

というようなことがたびたび起き、作業効率が著しく低下。面倒くささが倍増した。

「ああーもう！　タクにイヤフォンが着けられたらいいのに！」

「トモちゃん、しーっ！」

音量と声量を小さくしただけなのに、曲作りの難度がずいぶん高くなってしまった。

完成までの道のりがぐっと延びたような気がしてならない。

「そういえば、けいこさん探しのことなんだけど。私、いい作戦を思いついたんだ」

「本当？　作戦って？」

曲作りが一歩一歩進む中、けいこさん探しは一向に進展していなかった。Instagramで「けいこ」や「恵子」、「慶子」、「景子」、「keiko」で検索して出てきた大量のアカウントに片っ端からアクセスしてみても、それらしき人は見つからない。そもそもけいこさん自身が本名でアカウントを作っているかも不明だ。

こんな探し方では埒（らち）が明かない。そこで私は考えた。

「けいこさんが所属していたイベントサークルか、タクが所属していた軽音サークルがSNSをやっていれば、それを伝手（つて）にけいこさんと連絡が取れるかもしれない」

むしろ、どうして今までこの方法に気づけなかったのだろう。検索して見つけ出すより、よっぽど簡単で確実性が高い。

作戦内容を聞いた拓朗は音もなくすっくと立ち上がり、両手の拳を握った。

「それだ！　さすがトモちゃん！　やっぱりトモちゃんは天才だ！」

拳を振り乱し、まるでけいこさんが見つかったかのように喜んでいる。

「いやいや、まだ見つかってないから。とりあえずタクの軽音サークルとけいこさんのイベサーの名前、教えて」

サークル名を検索してみると、どちらのサークルにもInstagramとX（Twitter）のアカウントがあった。イベントサークルの方はフォロー外からのDMが送れなかったのだが、軽音サークルの方はXのDMが開放されており、そちらから連絡してみることに。

「メッセージ送信完了。返信、来るといいね」

そう言って隣を見てみると、拓朗はもう消えてしまっていた。


月曜午前の講義を終え、昼食をとるため梨乃と彩花と一緒に学食に入った。

「カフェでランチ⁉」

「それってもうデートじゃん！」

水野くんとの進展について聞かれたので正直に話すと、ふたりは我が事のように盛り上がってくれた。

「けど、ランチ食べただけで解散したから、なんにもなかったよ」

「それでも、ふたりで待ち合わせて食事をしたのは進展だよ」

「あんまり期待させないで。まだ片想いなんだから」

「だから、都萌実は期待していいんだってば」

あの日はちょっと頑張ってアピールしてみるつもりだった。けれどアパートの管理会社からの電話に水を差されてしまって、頑張る気力がなくなってしまった。水野くんにも心配されてしまったし、デートは失敗したと思って間違いないだろう。

ふと視線を感じて顔を向けた。学食の入り口にサークルの後輩女子が三人いる。明らかにこちらを見ているので挨拶がてら手を振ろうとしたのだが、三人は私を睨みつけるように顔をしかめ、そのまま学食を出て行った。

なんで？　いつもなら笑顔で手を振り返してくれるのに。

「都萌実、どうしたの？」

「サークルの後輩がいたんだけど……なんか、睨まれた気がして」

「睨まれた？　なにかあったの？」

「いや……心当たりがないから困惑してる」

「それなら気のせいじゃない？」

「そうだよね」

私は気にしないことにして、昼食とふたりとの会話を楽しんだ。

その翌々日。今日はサークルの活動日だ。

一週間経って、右目のアザはほとんど消えた。睡眠もバッチリ……とはいかないが、寝不足は大敵だと学んだので、もう先週のような失態は犯さない。

体育館にバドミントン用のネットを張っていると、学食で見かけた三人の後輩女子がやってきたので、探るように話しかけてみる。

「ねぇ、シャトルの開封をお願いできないかな」

「……はーい」

「……わかりましたぁ」

あからさまに態度が悪い。学食でのアレは気のせいではなかったらしい。特に三人の中でもひときわ美人で気の強い山辺恵里奈（やまべえりな）は、言葉も返さなければ視線すら合わせない。明らかに敵意を見せている。でも私には、そんな態度を取られる理由がわからない。

もしかして私は、また無自覚に人を不快にしてしまったのだろうか。大学に入学して以来、自分の言動には気をつけているつもりだった。けれど私のことだから、後輩相手にうっかり偉そうなことを言ってしまった可能性はゼロじゃない。

諫早から相模原に移住したからといって、私はあっさり自分を変えられたわけではなかった。

第一志望の大学に合格できた私は、キャンパスライフをより明るいものにするため、華々しく大学デビューしようと試みた。私は正真正銘の田舎者だが、田舎じみたダサい女には見られたくなかったのだ。

我が大学は、相模原だけでなく都心にもキャンパスがあるし、一、二年生の間は都心の方のキャンパスにも通うことがある。私は都会に馴染む垢抜けた女子大生になるため、髪を明るくして、メイクを練習し、着る服もそれまでより大人っぽいものに一新。都会の女子大生として、自分でもまずまずの仕上がりだと満足しつつ、意気揚々とキャンパスに足を踏み入れた。

結果からいえば、大学デビューは失敗ではなかった。けれど成功ともいえない。なぜなら大学には、ナチュラルに垢抜けて洗練された、キラキラ輝く学生がたくさんいたからだ。必死に頑張ってようやく垢抜けた私など、一目置かれるどころか、埋もれに埋もれるしかなかった。

また、高校まではそこそこ優秀な人間として扱われていたが、同じかそれ以上の能力を持つ学生が集まっているこの大学では、成績の面でもまったくパッとしなかった。学内には早くも起業して成功している学生や、芸能界で活躍している学生、スポーツで全国に名を知られている学生もいる。自分は特別な実績も個性も才能もない〝ありふれた凡人〟なのだと、嫌でも思い知らされた。

つまり私は、性懲りもなく新天地で調子に乗ろうとして、ポッキリ鼻をへし折られたのだ。自分の無自覚なマウンティング癖が治まったのは、そのおかげだろう。

だからこそ、この大学に入学できたことは幸運だと思えた。自分がまだなにも成していない薄っぺらな人間であることに気づけたし、謙虚になる大切さも知った。梨乃や彩花のような気の合う友人もできたし、サークルでは趣味を共に楽しめる仲間にも恵まれた。

故郷を出る決心をしてよかった。「ウザい」と言われた時は傷ついたけれど、今は改心と成長のきっかけをくれたあの子に感謝している。

体育館を借りているのは午後六時から八時まで。そこでいったん解散になるので帰宅する人もいるが、残ったメンバーで近くのファミレスへ行き夕食をとるのが恒例になっている。

恵里奈たちの態度の悪さは、ファミレスに入った今も続いていた。

「季村、あいつらとなんかあった?」

隣に座る水野くんが、小声でそう尋ねてきた。他人に気づかれるほどあからさまではないと思っていたのだけれど、サークル全体をよく見ている代表の目は鋭い。

「うーん……それが、まったく覚えがないんだよね」

恵里奈は目を引く美人なので、大学の中でもキラキラしている部類の学生だ。いくら私でも、こんな大学生になりたかったと憧れこそすれ、見下したりマウントを取ったりするようなことはなかったはずなのだが。

「俺がそれとなく注意しようか？」

私を気にかけて心配してくれるのは嬉しい。でも、そんなことをしたら水野くんまであの子たちに睨まれるかもしれない。

「ううん、大丈夫。そのうち気が済んで落ち着くでしょ」

というのは願望でしかない。けれど、ただでさえ代表として忙しくしている彼を、女同士の諍い（いさか）に巻き込みたくはない。

「本当に困ったら早めに言えよ」

「うん。これが続くようなら相談するね」

私だって、このサークルの幹事のひとりだ。サークルの雰囲気を守るためにも早く解決したい。

ぼちぼちみんなの食事が終わりつつある。ファミレスを出たらふたたび解散し、希望者だけ居酒屋で二次会をするというのも定番の流れだ。作曲機材の購入で金欠気味の私はここでおいとましようと決め、会計の前にお手洗いへ。

女子トイレのドアノブに手を伸ばすと、内側から扉が開いた。出てきたのは恵里奈だった。メイクを直したようで、唇に綺麗に色が乗っている。彼女は至近距離で見ても、目を瞠るほどかわいい。

恵里奈は私の顔を見るなり、むっと顔をしかめた。不機嫌なオーラを放ち、なにも言わずに去ろうとする。

やっぱりこのままではダメだ。そう思い、勇気を出して彼女を呼び止める。

「恵里奈。ちょっと待って」

彼女はわざとらしくため息をつき、しぶしぶといった感じでこちらを向いた。

「なんですか？」

美人は怒った顔も綺麗だなと感心する。私も頑張っているけれど、生まれ持った骨格が違うので、どんなにメイクを頑張ったところでここまで綺麗にはなれないだろう。

「この間からそんな感じだけど、私、なんかした？」

直撃された恵里奈は、迎え撃つように体をこちらに向け、腕を組んだ。人を不快にさせる態度を取っているのに、堂々たるものだ。自分が間違っているとは微塵も思っていないのだろう。

「先週都萌実さん、水野さんに送ってもらって帰ったじゃないですか」

「ああ、うん。シャトルを顔面に当てたのを、悪いと思ったみたい」

「それにムカついてるんです。私、水野さんのこと狙ってるんで」

恵里奈は私の目をまっすぐに見て、はっきりとそう告げた。

水野くんが後輩女子たちの憧れの的であることは承知している。けれどあくまで密かにキャーキャーするだけで、彼を自分のものにしようと行動する子はいない……と思っていたのだが。

「まさか、水野くんに送ってもらったってだけで怒ってるの？」

「それだけじゃないですよ。都萌実さん、やけに水野さんと仲いいじゃないですか。今日もちゃっかり水野さんの隣に座ってるし、話す時の距離も近いし」

私に限らず、同期の女子はみんな水野くんと仲がいい。席が隣になったのは私がそうしたわけではなく、たまたま彼が私の横に座っただけ。話す時の距離が近かったのは、恵里奈たちについて小声で話していたからだ。

「はっきり言って、都萌実さん、邪魔なんですよね」

気が強い子だとは思っていたが、想像以上だ。先輩相手に「邪魔」なんて正面から言える恵里奈に感服する。ここまで堂々とされると、もはや清々しい。

恵里奈は私も水野くんを憎からず思っていることに気づいているのだろう。情けないが、私は感心すると同時に怖気づいてしまった。ただ、腹が立たないわけでもない。

「自分の思うように水野くんの気を引けないから、私に八つ当たりしてるってこと？」

煽るように告げると、恵里奈は目を釣り上げムキになった。

「八つ当たりなんかじゃありません！　ただの意思表示です」

あんなに攻撃的な態度が意思表示とは、驚きの言い分だ。

「友達まで巻き込んで私を邪険に扱うことが意思表示？　大学生にもなって、まるで子供のいじめだね」

私が鼻で笑うと、恵里奈は腹立たしげに口を歪めた。散々嫌な態度を取られたのだから、これくらいの先輩ヅラは許してもらいたい。

「都萌実さんが水野さんとベタベタしなければ、こんな態度取りませんよ」

私さえいなければ絶対に水野くんが自分に振り向くと思っているらしい。自分に自信があるのは結構だが、ちょっと自己中心的すぎる。

「とにかく、サークルの雰囲気を壊すような真似はやめて。当の水野くんが、恵里奈たちの態度に気づいててちょっと困ってるから」

私はため息混じりにそう告げ、澄ました顔でトイレに入った。大人ぶったけれど、実際はこれ以上言い争いたくなくて逃げただけだ。あのまま続けていたらもっとムキになって、「水野くんが私の部屋に来てくれた」とか「ふたりでランチをした」などと、恵里奈に対してマウンティングしてしまっただろう。それは避けたかった。

誰かに敵意をぶつけられたのは久しぶりで、手がちょっと震えている。そんな自分が情けなくて、乾いた笑いが漏れた。


予定通り、二次会に参加することなく帰路についた。恵里奈は帰らずみんなと居酒屋へ向かったようだ。水野くんも参加するようだったので、私という邪魔者がいない環境でたっぷりアピールするつもりだろう。

二次会を辞退した他のメンバーは電車に乗るため駅へと向かったが、私は自宅まで歩けるので、ひとり別の道へ入った。交通量が多くて空気の悪い大通りより、住宅街沿いの静かな道を使う方が好きだ。

ひとりになって十分ほど経ったところで、見覚えのあるバイクが通り過ぎ、数メートル先で停(と)まった。ヘルメットを脱がなくたって、それが誰であるかは明白だ。

「水野くん！　二次会に行ったんじゃなかったの？」

私から声をかけると、彼はヘルメットのシールドを上げた。

「季村のことが気になって、行くのやめた。俺はバイクだから、どうせ酒は飲めないし」

気にしてくれて嬉しい。恵里奈にライバル宣言された直後だから、余計に。

「私は大丈夫だってば。恵里奈とはさっき少し話したけど、本当に個人的なことだったし、水野くんに仲裁をお願いするまでもないよ」

抽象的にしか説明できなくて申し訳ないけれど、彼本人に「あなたを巡って対立しています」なんて言えるわけがない。

「山辺のこともあるけど……とりあえず乗れよ。送ってく」

シート下のボックスからヘルメットを出し、手渡される。断る理由もないので、素直にそれを身につけた。

歩きなら三十分程度かかる道のりが、バイクでは五分もかからなかった。あっという間にアパートに到着。彼にヘルメットを返しつつ、下心を込めて言ってみる。

「うちでコーヒーでも飲んでいく？」

「いいの？　じゃあ、お邪魔します」

水野くんは笑って即答した。まるで私が誘うのを期待していたような反応だ。

自惚れて失敗したくなくて、梨乃や彩花が「都萌実と水野くんはいい感じ」と言うのを信じないようにしていた。でも、わざわざうちに来て機材の設定を手伝ってくれたり、ふたりでランチしたり、送ってくれたり。水野くんは私との距離を縮めることに積極的になってくれている気がする。梨乃や彩花の言葉を信じてみてもいいかもしれない。

部屋に入り、ふたり分のコーヒーをドリップして、パソコンとＭＩＤＩキーボードが占領するローテーブルの端にカップを置いた。

「テーブルが狭くてごめんね。機材、片づける場所がなくて」

「大丈夫だよ。コーヒーありがと」

水野くんはカップを手に取り、ブラックのまま口を付ける。私は彼をチラチラ気にしながら、砂糖とミルク入りのコーヒーを啜った。

夜、部屋で好きな人とふたりきり。さすがにドキドキする。

「あのさ、山辺のことだけど」

唐突に水野くんが切り出した。ギクリと肩が震える。正直、恵里奈のことにはあまり触れられたくなかった。私は「うん……」と控えめに応える。

「ごめん、俺のせいかも」

決まり悪そうにそう告げた彼に、思わず「え」と声が漏れた。

「水野くん、もしかして、恵里奈になにか聞いた？」

「聞いたっつーか、聞かなかったっつーか……」

水野くんにしては珍しく歯切れが悪い。察するに、彼は恵里奈の気持ちをすでに知っている。

「告白とか、された？」

カマをかけるように聞いてみる。彼は渋い顔のまま縮こまるように肩をすくめた。

「いや。それっぽい雰囲気を感じたから、される前に逃げた」

「逃げた？」

「別に、走って逃げたわけじゃないぞ。構ってくるのを体よく避けただけ。俺にはその気がないし、代表という立場もある。察して引いてくれたらいいなと思ったんだよ」

水野くんは恵里奈に気がない。恵里奈には悪いけれど、それがわかってホッとした。でもそういう状況なら、恵里奈が焦って躍起になるのもわかる気がする。

ただ、問題はそこじゃない。

「ふたりの状況はわかった。でもどうして、恵里奈が私に当たるのを自分のせいだと思ったの？」

私の問いに、水野くんは呆れたような顔をした。

「わからない？」

「わかんない」

「いや、さすがにわかれよ」

もしかして、恵里奈から聞いて水野くんに私の気持ちがバレてるとか？　だとしても、自分からそうとは言えない。

戸惑う私を見て、彼はがっくりと肩を落とした。しかしすぐに顔を上げ、まじめな顔でさらりと告げる。

「あのなぁ。そんなの、俺が季村を〝いいな〟と思ってるからに決まってるだろ」

「へっ……？」

今、水野くんが私に告白に近いことをしたように聞こえたのだけど、私の耳と頭は正常だろうか。心臓が途端に暴れだす。

唖然とする私を見て、彼は困ったように照れている。

「まさか、まったく気づいてなかった？」

「気づいてなかったというより、勘違いしちゃいけないと思って、自制してた」

ドキドキしすぎて口がうまく回らない。そんな私の回答に、彼は小さく笑った。

「勘違いじゃないよ。そういう気持ちがなきゃ、ふたりで待ち合わせて飯食いに行ったりしないだろ」

「そう……なのかな」

ランチデートが叶ったのは、拓朗の幽霊効果の延長だと思っていた。ズルい方法でいい思いをしただけだから調子に乗ってはいけないと、自分に言い聞かせていた。

私たち、本当に両想いだったんだ。期待してよかったんだ。信じられない。

「俺、わりと脈アリだと思ってたんだけど、気のせい？」

呆気に取られている私に、水野くんが拗ねた顔で尋ねる。初めて見るその表情に、頭のてっぺんから足の先までが甘く痺れるような感覚がした。

「気のせいじゃない。私も水野くんのこと、〝いいな〟って思ってる」

とうとう打ち明けてしまった。思いもよらなかった展開だ。片想いだと思っていた恋が成就して、心の中にふわふわと花が咲いていく。

「やった。よかった」

水野くんがはにかむように破顔した。どうしよう。すごく嬉しい。

私たち、恋人同士になるんだ。きっと今日は素敵な記念日になる。

そう思い至ると同時に、ひとつ問題があることを思い出す。拓朗や曲作りのことだ。

これからお付き合いをするなら、私の今の状況を知ってもらっておくべきだ。でも、ひと月前に亡くなった幼馴染みの幽霊と毎晩曲作りをしているなんて、誰がどう聞いてもふつうじゃない。

考えながら黙る私。水野くんは不安げに眉を寄せた。

「俺と付き合うの、不安？　山辺のことが気になる？」

「ううん。恵里奈のことじゃないの」

このまま拓朗のことを黙っておくのが賢い選択だとは思う。だけどそうすると、曲作りの時間を確保するため、水野くんに嘘をつかなくてはいけなくなる。

嬉しさと怖さが混ざり合って胸の中が忙しい。冷静に物事を考えられない。助けを求めるように部屋を見渡してみる。拓朗は見えない。

「気になることがあるなら、なんでも言って」

「なんでも？」

本当に？　非現実的なオカルト話でも、受け入れてくれる？

「なんでも。解決できるかはわからないけど、話してみなきゃ始まらないだろ」

「そう……だよね」

私は意を決し、いったん深く息を吸う。そしてゆっくりとすべてを話した。姉弟同然に育った幼馴染みの存在と死。葬儀の日に起きたこと。機材を買って曲作りを始めることになった経緯。そして丑三つ時にだけ現れる幽霊との、新しい生活。三途の川の話をしたあたりで、彼の表情は困惑に染まった。けれど最後まで聞いてもらえれば、きっとわかってもらえる。そう信じて話を続けた。

暗い話にならないよう、できるだけ明るく。楽しくも美しい貴重な体験として受け取ってもらえるよう、懸命に言葉を尽くす。

しかし私は、ついぞ彼の困惑した表情をほぐすことはできなかった。

「それって、なんかの宗教？」

私の話を聞き終えた彼は、顔を引き攣らせてそう尋ねた。もはや私を〝好きな女の子〟という目では見ていないことが、表情でわかる。不安は的中してしまった。

「ううん、私も幼馴染みも無宗教だよ。こんな話、怪しくて信じられないよね。でもほら、ＤＡＷソフトの中を見て。まだ途中だけど、この曲、ここまで全部幼馴染みと作ったの。これが証拠にならないかな？」

私は急いでテーブルに置いたままのパソコンを開き、ＤＡＷソフトを立ち上げ画面を見せ、未完成の曲を再生した。

拓朗の存在と想いを、水野くんにも認めてほしい。そして応援してほしい。

「もし幼馴染みに会ってみたいなら、このまま夜中までうちにいてくれてもいいよ。水野くんに見えるかはわからないけど、声くらいなら聞こえるかも——」

「ごめん」

水野くんが私の話を遮（さえぎ）って謝り、立ち上がる。

「季村の話が本当でも……いや、本当ならなおさら、俺には気味が悪くてついていけない」

鈍器で頭を殴られたようなショックに視界が揺れる。胸の奥がすうっと冷えていく。彼の怯（おび）えとも軽蔑ともとれる凍った表情を見ると、もう縋（すが）る気にはなれなかった。

「コーヒー、ごちそうさま。お邪魔しました」

彼は律儀にそう告げ、静かに部屋を出た。彼のカップにはまだたっぷりとコーヒーが残っている。

幸福の絶頂まであと一歩という地点から絶望の底へ突き落とされてしまった。上手に息ができなくて、泣くこともできない。

ひとりになった部屋には、作りかけの曲が虚しく響いていた。

5

私と拓朗は、お互いを特別に大切に思っているけれど、恋愛感情を持ったことは一度もない。あえて名前を付けるとすれば、友達以上家族未満というところだ。

けれど他人から見れば恋仲に見えることもあったようで、付き合っているだの許嫁(いいなずけ)だのと周囲に散々揶揄(やゆ)されてきた。

「ただの幼馴染みだよ」

「家族みたいな感じ」

私たちはまじめに否定していたのだけれど、小学生、中学生の頃は特に、「またまた、照れちゃって」と取り合ってもらえないことが多かった。

「どうしてみんな信じてくれないんだろう。男女の友情は成立しないって思ってるのかな？」

中学生の頃、毎日からかわれることに鬱憤を溜めていた私は、拓朗にそう愚痴った。

けれど拓朗はあまり気にしていないようで、ヘラヘラ笑いながら言った。

「別に言わせとけばいいじゃん。みんな本当はわかってるよ。トモちゃんが成績優秀だから、そうやって困らせて勝った気になってるんだよ」

目から鱗だった。拓朗はいつも私と違う方向から物事を見ていて、自分とは違う考え方や見解に驚かされる。それでも、私の苛立ちが消えるわけではない。

「でも、事実と違う風に思われると気分悪いじゃん？　私もタクも、他に好きな人いるのに」

「本当に好きな人のことでからかわれる方が嫌でしょ。俺たちがあいつらをカムフラージュに利用してやってる、くらいの気持ちでいようよ」

拓朗は、マフラー代わりにダサいタオルを巻いてしまうような、他人にどう思われているかを気にしない人間だ。かたや私は自意識過剰な女子中学生だったので、他人にどう思われているかがなにより大事だった。

「無理。好きな人にそう思われるの、嫌だもん」

私が唇を尖らせると、拓朗はふとまじめな顔になった。

「トモちゃんの言葉より噂話を信じるような男なら、好きになる価値ないよ。俺だって、トモちゃんとの関係をとやかく言ってくる女の子なんて好きにならない」

その言葉に、私はふたたび目から鱗を落とした。

ありがとう、とは照れくさくて言えなかったけれど、拓朗の言葉は嬉しかった。

私たちは三歳の頃から姉弟同然に育ってきて、お互いを家族のように大切に思っている。自分の大切な人を尊重してくれない相手なんて、好きになる価値はない。

少女漫画や恋愛小説に染まってふわふわしていた私の恋愛観にピンと筋が通ったのは、拓朗のこの言葉のおかげだ。

高校生ともなると揶揄されることこそ少なくなったけれど、やはり私たちを恋仲だと思う生徒は多かった。

私は高校一年の時に初めて彼氏ができたのだけれど、「真津山とあんまり仲よくするな」と言われ、ケンカになって別れてしまった。

「えっ？　トモちゃん、別れちゃったの？　あんなに仲よさそうだったのに」

「だってあいつ、タクと仲よくするなって言うんだもん。ただの幼馴染みでも、自分以外の男を大切にしてるのは嫌なんだって」

ほぼ浮気じゃん。おまえらの関係、普通じゃないよ。正直キモい。

売り言葉に買い言葉だったかもしれないけれど、彼にそこまで言われたとは言えなかった。

「うーん。自分の彼女に男友達がいるだけで無理ってやつもいるもんね。彼にはちょっと申し訳ないな」

「なんで？　タクは悪くないじゃん」

「そうだけど、俺たちの関係を理解できる人って、俺たちが思ってるほどいないのかもしれないね」

幼馴染みというには私たちの仲がよすぎることは、薄々気づいていた。けれど、長年一緒に育ってきた拓朗との仲をたった数ヶ月付き合っただけの彼氏のためにあえて疎遠にするなんて、考えられなかった。

「それでも、タクと仲よくするのをやめろっていう人と付き合うのは無理だよ」

「俺も。トモちゃんと仲よくしてくれる子でないと無理」

高校二年生になった頃、拓朗にも春の兆しが見えた。拓朗を好いている女子が現れたのだ。お相手は拓朗のクラスメイトで、ツインテールの似合う小柄な子。拓朗も満更ではなさそうで、私は「ついにタクに初彼女ができるかも」と、内心ワクワクしていた。

しかし残念なことに、彼女は私を敵視した。クラスが離れていたので学校生活に支障は出なかったが、私が拓朗の教室を訪れたりすると、あからさまに嫌な顔をした。

あまりにあからさまだったので、当然それは拓朗の知るところとなった。

「それで告られたのに振っちゃったの？　かわいい子だったのに、もったいない」

「誰かに意地悪するような子、たとえ相手がトモちゃんじゃなくても嫌だよ」

「それだけタクのことが好きで、誰にも渡したくない！ってことだと思うけど」

「それを喜ぶやつもいるんだろうけど、俺はやっぱりトモちゃんと仲よくしてくれる子の方がいい」

私が初彼と別れた時に拓朗が「ちょっと申し訳ない」と言った理由が、この時ようやく理解できた。自分のせいでうまくいかなくなって申し訳ない。でも、拓朗の彼女になる子とは私も仲よくしたいので、私たちの幼馴染み関係を受け入れてくれる子がいいというのも本心だ。

「俺たちに恋愛は難しいのかもしれないな」

「そうかもねぇ」

拓朗は結局、誰ともお付き合いすることなく生涯を終えた。いつか拓朗に恋人を紹介してもらえるのを楽しみにしていたけれど、そんな日が来ることは決してない。

それに気づいて、私はまた少し、拓朗の死を実感するのだった。

＊＊＊

我が大学の社会学部では、三年の前期からゼミに入るのが決まりになっている。学生は二年後期のうちに目当てのゼミに入るための活動、通称「ゼミ活」を行う。

各ゼミには主宰する教授の定めた定員があり、定員を超えた場合は、抽選ではなく教授の裁量で学生を選抜する。人気のあるゼミは高い倍率になることも多い。一次募集に落ちた学生は二次募集のあるゼミに応募し、いずれどこかに決まる。

ゼミ活を経て、私は「ワーク＆ライフ」を研究テーマにする小林ゼミに所属した。小林教授は母と同じ年頃の女性で、多数の本を出版している人だ。女性教授ということもあり、ゼミ生は女子生徒が多い。

ゼミは週に一日、四限と五限の時間が充てられている。三年の前期――つまり今は、教授に与えられた課題をこなしながら、各々卒論の研究テーマを模索している。与えられる課題は回を追うごとに難度が上がっており、こなすだけで精いっぱい。自分の研究テーマを模索しようにも、私はその余裕が持てなくて困っていた。

先日、それを同期のゼミ生たちに相談してみた。すると、意外な反応が返ってきた。

「都萌実、まだ自分の研究テーマを決めてなかったの？」

まるで決まっているのが当然というような反応に、戸惑った。

「みんなはもう決まってるの？」

「決まってるというか、ある程度決めた状態でゼミに入る子がほとんどだと思うよ。ゼミって、自分が研究したい内容を前提に選ぶでしょう？」

私は己の意識の低さに愕然（がくぜん）とした。他のゼミ生は、ゼミ活の段階で研究テーマを持っていたのだ。「カッコいい女性教授のゼミだから、なんとなくよさそう」程度の意識で志望してしまった自分が、とても恥ずかしくなった。

これ以上みんなに置いてけぼりにされたくない。せめて課題だけは高いクオリティで仕上げなければ。そんな思いから、ゼミの課題にはひときわ時間と労力をかけてきた。

課題が出るのはゼミだけではない。我らが社会学部には、頻繁にレポート提出を課す講義が多い。それに加えてシフトを増やしたバイト、拓朗との曲作り、そしてサークルの幹事としての仕事。それらすべてに真剣に取り組めば取り組むほど、失恋の感傷に浸っている時間はなくなる。心の穴を忙しさで埋めることができるというのは、どうやら本当らしい。

あれから数日。水野くんとは一度も連絡を取っていない。次のサークルが憂鬱だ。彼と気まずくなるだけならまだいい。私を見限った彼が、さっそく恵里奈の想いに応えていたら……。想像すると、胃が締めつけられる。

ネガティブに沈んでいく思考を遮るため、頭を横に振る。寝る間も惜しいほどやることがあるのに、余計なことに気を取られたくない。

拓朗を受け入れてくれない狭量な男なんて、こっちから願い下げだ。

心の中で幾度となくそう唱え、目に溜まった涙を引っ込める。傷が癒えるには時間がかかるかもしれないけれど、負けてたまるか。

私は生きている。これからも人生は続く。失恋のひとつやふたつ、乗り越えられなくてどうする。もっと強くならなくちゃ。

「いらっしゃいませ。ブレンドコーヒーのLサイズですね。店内でお召し上がりでしょうか？　かしこまりました。左のカウンターよりお出ししますので、そちらでお待ちくださいませ」

アルバイトを始めて、早二年二ヶ月。言うべきセリフも、レジの打ち方も、提供するコーヒーの作り方も、すっかり体に染みついている。お客様の前に立つだけで緊張していた頃が懐かしい。

お客様や店内の様子に意識を集中させられるバイトは、嫌なことを思い出す暇もなく没頭できるからありがたい。一緒に働いている同僚や店長にも恵まれ、お客様も「ありがとう」と笑顔を見せてくれる、いい人たちが多くて、楽しい。

順風満帆なアルバイトライフに感謝しながら、今日も業務に勤しんでいたのだが。

「ねぇ、ちょっと早くしてくれない？　次の電車に乗りたいんだけど」

四十代くらいの、サラリーマンらしき男性だった。いつもならあまり混まない時間なのだが、三人の順番待ちになっている。人手が欲しいけれどもうひとりのスタッフは休憩で店の外に出てしまったし、店長は事務室でエリアマネージャーと長電話をしている。今は完全に私のワンオペだ。

「申し訳ありません。順番にお出ししておりますので、もうしばらくお待ちくださ い」

体に染みついたマニュアル通りの返答をして、ドリンクを作る手を早める。

「だーかーら、電車乗りたいんだってば！　俺のを先に作れって言ってんだよ。わからない？」

男性は私を威圧するように語気を強めた。声が大きいので店内に響いて、店全体が緊張感に包まれる。席でくつろいでいるお客様たちが、迷惑そうにこちらの様子を窺(うかが)っている。

「申し訳ありません。先にご注文頂いた方のものから順番に作っておりますので――」

「あーーもう、こっちは急いでんだよ！　淵野辺は快速が停まんねーから、一本逃したら十分待たなきゃいけないの！　ここで乗り遅れたら、橋本(はしもと)での乗り換えで十五分待たされんの！　二十五分もタイムロスしたら約束に間に合わないわけ。それで発生した損害をあんたが払えんの？」

「それは……」

時間に余裕がない中でコーヒーを買いに来たのはこの人の判断だ。次の電車に乗れず約束に遅れたとしても、私が損害を補償させられる筋合いはない。それに、この時間帯の混雑する電車にカップ入りのホットコーヒーを持ち込むなんて非常識だ。そもそもこうして怒鳴ったりしてくるから、私の手が止まって提供が遅れてしまうのに。

そうは思うものの、言葉にするわけにはいかないし、大人の男性に怒鳴られるとさすがに怖い。男性の前に並んでいる女性のお客様ふたりも怯えている。

どうしよう。この人のドリンクを先に作って出した方が、店の雰囲気が早く平穏に戻るかもしれない。でも、先に注文して待っているお客様だって急いでいるかもしれないのだ。

「いいから早くしろって。舐めてんの?」

ずいと体をカウンターに乗り出し、詰め寄ってくる。危害を加えられるかもしれないと焦り、頭の中で「どうしよう」だけが空回る。並んでいるお客様たちが同情的な表情で私を見る。「自分たちの分は後回しでいいから、この人をなんとかして」と思っていることが伝わってきた。男性に「わかりました」と言いたいのに、顔が強張って口が開かない。

ただでさえ失恋でメンタルにダメージを負っているうえに、高圧的なクレーマーによるストレスまでのしかかって、少しでも気を緩めると涙が出てしまいそうになる。お客様の前なのに……。

とにかく言葉を発そうと、短く息を吸った、その時。

「お客様。お急ぎのところお待たせして申し訳ありません。すぐにご用意いたします」

店長だった。騒ぎを聞きつけ、事務室から出てきてくれた。

「店長……」

「季村さんは前のお客様の分をお願い」

「はい」

店長は伝票を確認し、素早く男性のドリンクを作り、手渡す。

「お待たせしました。熱くなっておりますので、お気をつけてお持ちください」

「ふん。最初っから融通利かせろよ。使えねー店だな」

男性は店長から乱暴にカップを受け取り、大股でバタバタと店を出て行った。一気に店が静かになり、BGMの穏やかな音色に包まれる。嵐が去った安堵で、私はまた泣きそうになった。

「カフェモカSサイズでお待ちのお客様。お待たせしました。お騒がせして申し訳ありませんでした」

まだ震えている手でドリンクをお渡しすると、お客様は「大変でしたね」と労ってくれた。次のお客様もホッとした表情だ。彼女にも「ご迷惑をおかけして申し訳ありません」と心から謝る。「いえ」と微笑んでくれたけれど、怖い思いをさせてしまった罪悪感は消えない。

店長がテーブル席の方へ行き、片づけやクリーニングをしながら「お騒がせして申し訳ありませんでした」と周りのお客様へのフォローをしてくれている。男性に怒鳴られたことで萎縮して、思考が停止し、対応が遅れたことで店内の雰囲気を悪くしてしまった。並んでいるお客様も、店内でくつろいでいたお客様も、気分が悪かったことだろう。私がもっと上手に対応できればよかったのに。慣れた気になっていたけれど、私はまだまだ未熟だった。

悪質なクレーマーや理不尽なことで怒鳴ってくるお客様は、たまに現れる。いつもならすぐに気分を切り替えられるのだけれど、満身創痍(まんしんそうい)の今の私には難しく、それから閉店までずっと笑顔を作るのが大変だった。

バイトから帰宅するやいなや、私は倒れるようにベッドへダイブした。

「疲れた……」

入学する時に買った安物のベッドだけれど、しっかりと衝撃を吸収し私を包み込んでくれる。今私にいちばん優しくしてくれるのは、このベッドかもしれない。

時刻は夜十時半。急いでお風呂に入ってひとつレポートを仕上げたあと、曲作りを始めた。拓朗が現れる前に少しでも曲作りを進めておきたい。

曲作りは、拓朗が現れる前にあらかじめ私がメロディーを作っておいて、現れたらそれを聴いてもらい、拓朗が納得しない部分だけ一緒に直していく、というやり方を続けている。本音を言えば拓朗と話しながら作る方が無駄がなくていいのだけれど、近隣の住人にもう迷惑はかけられないので、会話が少なくて済むこの方法でやっていくしかない。

ひとりで作業をする時は、ヘッドフォンを着けて音に集中できる。拓朗が作ったこの歌は優しくて綺麗だ。未完成ながら、傷心中の私の心に響く。

作曲初心者の私にも、なんとなくコツのようなものが掴めてきた。序盤のAメロは単調な和音でシンプルにしつつ、ブレスポイントに流れるような単音を効かせた。Bメロでは低音部に動きを入れ、深みを演出した。

これから作るのはサビの伴奏だ。盛り上がりを感じられるよう、きっと音は多い方がいい。けれどごちゃごちゃしすぎてもダメだ。サビの歌詞には憧れの気持ちを伝える言葉が並んでいる。拓朗としても、しっかり聴いてもらいたい部分のはず。

鍵盤に指を滑らせ、しっくりくるメロディーを探す。こんな音を見つけたい、と具体的なイメージを持てば持つほど、探すのが難しい。音を模索しているうちに、いつの間にか丑三つ時を迎えていた。

「トモちゃん」

「あれ、もうタクが出てくる時間か」

いつの間にか数時間が経っていたことに驚く。ずっと同じ体勢だったから体がガチガチだ。ゆっくり立ち上がり、体を伸ばしながらキッチンへ。いつものようにグラスにコーラを注ぎ、拓朗の前に置く。そしていつものブラックサンダーの代わりに、バイト先でもらった在庫処分品のマドレーヌを供えた。

「今日もありがとう。このマドレーヌ、美味しいね」

相変わらず手はつけないけれど、コーラが少し減った。マドレーヌは減っていないが、幽霊なりの食べ方をしているのだろう。

「そうでしょ。バイト先で処分するやつをもらってきたの」

「今日のバイト、大変だったね。お疲れ様」

不意に労われて、胸になにかが込み上げる。同時に目が熱くなるが、瞬きをしてその熱を逃す。

「やだ、見てたの？」

「うん。腹が立ったから、あの怒鳴ってきたお客さん、呪っといた」

「えっ、呪ったって、なにしたの？」

これまでにも「呪う」という言葉が出たことはあったけれど、きっとハッタリだろうと思っていた。まさか、死んだり大怪我したりしていないよね？

「駅の改札に入る前にコーヒーをひっくり返してやった。あんな熱いコーヒー、満員電車に持ち込んだら危ないし」

「なんだ……よかった。呪いってそんな感じか」

あの人のことは恨めしく思っているが、拓朗の呪いが想像よりライトで安堵する。

「駅員さんとか掃除のおばちゃんには余計な片づけをさせて申し訳ないと思ったけど、あいつ、ペコペコ謝っててい気味だった」

「あの人、ちゃんと謝れるんだ。意外」

「対応した駅員さんがマッチョだったからじゃない？　典型的な〝自分より弱そうな相手にだけやたらと強く出るタイプ〟って感じ」

せっかく店長が準備してくれたコーヒーが無駄になってしまったのは残念だが、正直ちょっとスカッとした。

溜飲（りゅういん）が下がると小腹が空（す）いたので、私もマドレーヌをかじった。その様子を、拓朗が眉を下げて見つめている。

「なに？　そんなに見られてると食べにくい」

「あ……いや。トモちゃん、そろそろ元気出たかなって」

私と水野くんがうまくいかなかったことに対して、拓朗はものすごく責任を感じているらしい。

「まだ気にしてるの？」

「だって、俺のせいだから」

拓朗がいなければ恋愛が成就していた。それは事実かもしれないけれど、そんな風には考えたくない。

「水野くんがタクのことを受け入れられないなら仕方ないでしょ。残念だけど、縁がなかったってことだよ」

すでに諦めがついているように言ったのは強がりだ。どんな時でも、拓朗の前ではしっかり者の姉貴分でありたい。けれど拓朗も私を知り尽くしている。私が強がっていることとくらいお見通しだろう。あの男性を呪ったのだって、きっと拓朗なりの罪滅ぼしに違いない。

「トモちゃん。水野との縁はまだ切れてないよ。絶対またチャンスがある」

拓朗は確信を持った口調で断言する。でも正直なところ、もう水野くんとのことは放っておいてほしい。下手にアクションを起こして、サークルメンバーとしての関係までこじらせたくない。

「水野くんのことはもういいってば。早く曲作りを始めよう。今日も少し自分で進めたんだ。聴いてみて」

私は拓朗の意識から水野くんを追い出すため、作ったメロディーを再生した。

あまり細かいことを気にしないタイプの拓朗だが、この曲作りに関しては妥協を許さない。伴奏のメロディーを作る段階になってからというもの、注文が多くなっている。

「うーん、音は綺麗だけど、イメージとちょっと違うんだよね。ここ、もっとチャララジャーンって感じにできないかな」

「あ、ここの高い音、一気に鳴らすんじゃなくて、低い音から流れるようにポロンって鳴らしてほしい」

拓朗は頑固なので、自分のこだわりを捨てない。私はそんな性格を熟知しているけれど、自分なりに頑張って作ったメロディーを否定されたり細かい注文を付けられたりすると、だんだん腹が立ってくる。

少し前なら文句を言いケンカもできた。でもまた苦情が来てはいけないのでぐっと飲み込む。

私は小さく「わかった。こんな感じ?」と、新たな音を絞り出し、奏でる。

「いや、もっと柔らかい音がいいな」

だけど拓朗は私の心中などお構いなしにみっちりと注文を付ける。私たちがコミュニケーションを取ることができる時間は限られているので、話せるうちに少しでも多く自分の考えを伝えたいのだろう。頭ではわかっている。

「柔らかいって、こんな感じ？」

和音を抑えた軽めのメロディーを、ボリュームを抑えてワンフレーズ奏でてみる。

返事はなかった。姿もない。

「もういないじゃん」

チッ、と舌打ちが出た。無意識だった。

拓朗の最後の望みを叶えてあげたいという気持ちは嘘ではない。

でもそれって、私の生活や人間関係を犠牲にしてまでやる必要のあること？

そんな疑念が脳裏をよぎるようになってきた。

毎日忙しくて、失恋もして、バイトでキツい思いもしたから、心に余裕がない。なにひとつ拓朗のせいにしたくないのに、気を抜くと拓朗を恨んでしまいそうになる。早く曲を完成させて、この異常な生活から解放されたい。

私は少しでも早く完成させられるよう、もうしばらくひとりでの作業を続けることにした。

「あれ、もう外が明るい……」

夏至が近くなって日が長いうえに、相模原は諫早と比べて日の出が早い。カーテンの隙間から朝日が差し込んでいることに気づいて床に就く。そんな生活を、もう一週間以上続けていた。

シャトル事件があってから、睡眠を削りすぎるのはやめようと決めていたのに、曲作りを優先したくて仕方がなくなってしまった。床に就くべきだとわかっていても、どうしても気が済まなくて、明るくなるまで作業してしまう。

おかげで曲作りは進むようになったけれど、一限の講義がある日の睡眠時間は一日三、四時間になる。必然的に、時間通りに起きられないことが増えた。スマートフォンでたくさんアラームをかけてはいるのだが、全然気づかない。

この日も「今日こそ絶対に時間通りに起きるぞ」と決めて眠りについたのに、目覚めたのは講義が始まる五分前。急いで準備して大学に向かっても、三十分ほど遅刻してしまった。

「今入ってきたそこの学生。受講は認めますが、出席にはしませんよ」

「はい……すみません……」

講堂に入るなり、教授に怒られた。この講義はきっちり出欠を取るので、正当な理由のない欠席を三回以上すると問答無用で落単になる。おまけにレジュメは講義の最初にしかもらえない。あとで梨乃か彩花にコピーをお願いしなければ。

講義のあと、ふたりのもとに駆け寄ると、ため息をつかれてしまった。

「都萌実、ここ最近、毎日遅刻してるよね」

「悪いんだけど、私たちが怒られちゃうから、もう都萌実のために席取りするの、やめていいかな？」

人気のある講義は受講生が多く、講堂の定員いっぱいということもある。毎回席の取り合いになるので、遅刻する学生のために席を取っておいたりすると、「時間通りに出席している学生に不利益を与えるな」と注意されることもある。

「うん。そうして。ごめんね……」

ふたりはいつも私のために席を取ってくれていた。最初こそふたりとも快く「そういうこともあるよ」「仕方ないよね」と言ってくれていたのだけれど、短い間に何度も遅刻を繰り返して、さすがに呆れられてしまった。私のために嫌な思いをさせてしまって申し訳ない。

曲作りを急ぐあまり朝方まで起きているのも、寝坊してしまうのも、自分の意思と不注意だ。曲作りをしなきゃいけないせいで、なんて思ってはいけないけれど、それが大きな負担になっていることは疑いようがない。

やり場のないフラストレーションが、私の胸にずしんとのしかかる。

早く曲作りを終わらせて、こんな毎日から抜け出さないと。

その日の夕方、今度はバイトでミスをした。

「ホットカフェラテSサイズのお客様、お待たせしました」

「え？　私、アイスを頼んだのですが……」

「申し訳ありません！　すぐに作り直します」

焦ってドリンクを作り直していると、別のお客様が声をかけてきた。

「あの、すみません。アメリカンコーヒーを頼んだんですけど、これ、カフェラテですよね？」

「申し訳ありません……！」

集中力を欠いている。温厚な店長にも、「今日何回目？」と注意されてしまった。

寝不足のせいだとわかっている。でも、早く曲を仕上げるためには作業をするしかない。

結局この晩も、私は朝方まで作業をした。そしてその日、性懲りもなくまた講義に遅刻してしまった。

たとえ寝不足でも、今日こそはちゃんと出席しようと意気込んでいたのに、どうしても起きることができなかった。

昼休み。寝不足のせいか、どうにも食欲がなく食事が進まない私を見かねて、梨乃と彩花が窘めるように尋ねてきた。

「ねぇ、都萌実。大丈夫？　前までこんなことなかったよね？」

「顔色悪いし、目の下にクマできてるよ。ちゃんと寝てないの？」

今日は目の下にしっかり青グマができていた。シャトル事件の時に買ったコンシーラーで隠したつもりだったけれど、完璧には隠せない。

「うん……。最近は明るくなるまで起きてることが多くて」

ふたりはぎょっと顔を引き攣らせた。

「なんで？　もしかして眠れないの？」

「しんどいことがあった時ほど睡眠は大事だよ」

ふたりはどうやら私が失恋のせいで眠れていないと考えているらしい。私はそれを否定するように笑顔を作る。

「ありがとう。眠れないわけじゃないんだけど、やらなきゃいけないことが終わらなくて」

作り笑いは通用しないらしい。ふたりは眉間にシワを寄せ、顔を見合わせる。

「そのやらなきゃいけないことって、なに？」

「ゼミの課題とか、講義のレポートとか。あとほら、友達の曲作りを手伝ってるって、前にちょっと話したよね」

その友達が幽霊であることは、さすがに話してはいないけれど。

「曲作りって、睡眠削ってまで優先すること？」

彩花の問いに、「うん」とは答えられない。睡眠を削ってまで作業をしているのは、ただ自分が早く終わらせたいからだ。曲作りに明確な期限があるわけではない。

「こんな生活してちゃダメだよね」

早く終わらせなきゃ、自分の生活を取り戻さなきゃと思ってしまって、焦燥感に駆られる。昼間にはできるだけ早く寝ようと思うのだけれど、夜いざ作業を始めると、拓朗が消えてからも続けたくなってしまう。

「都萌実、今日サークルでしょ？」

「そうだった。忘れてた」

先週は体育館が取れなくて活動がなかったけれど、今日は二週間ぶりの活動日だ。

水野くんに会うの、気まずいな。このコンディションで恵里奈たちに嫌な態度を取られたら、先輩ぶって流せる気がしない。キレてしまうかも。

「そんな状態なのに運動して大丈夫？　また怪我したりしない？」

アザはもう完全に消えた。けれど、また同じことが起きるかもしれない。

「今日は休んで眠ろうかな」

怪我の防止というより、サークルの人間関係が面倒くさい。もういっそのこと辞めてしまおうか……とまでは思わないけれど、今は向き合う気力がない。

「そうしなよ。健康がなにより大事なんだからね」

「そうだよね」

ふたりに背中を押され、【体調が悪いので今日は休みます】とグループトークにメッセージを送った。数秒後には【了解】【お大事に】と何人かのメンバーから返信が来た。少し遅れて水野くんからも、【ＯＫ】のスタンプが。胸がズキンと痛む。

幹事としての自分の仕事を誰かに押し付けることになるけれど、自分の心身のために、今日はサークルと距離を置かせてもらおう。

サークルの時間に仮眠を取り、起きてからはまた曲作りを再開した。

拓朗が現れたのはいつも通りの丑三つ時。コーラをグラスに入れ、拓朗に出す。

「いつもお供え物ありがとう。よし、今日もガンガンやろう！」

ここ最近、ようやく拓朗は水野くんのことでウジウジしなくなった。気持ちが晴れたからか、身に纏（まと）っているシャツの白さが増している気がする。

その代わり、私の方が「拓朗のせいで」という考えから逃げられなくなってしまった。そんな風に考えてはいけないと思えば思うほど、その考えに囚（とら）われてしまう。一年生の頃に心理学の講義で学んだ皮肉過程理論やカリギュラ効果を典型的に体現している状態だなぁと考えて、我ながらしっかり勉強しているなと思った。

「タクってさ、大学でなにを専攻してたんだっけ？」

私が唐突に尋ねると、拓朗はポカンと口を開けた。そして数秒考えて、自信なさそうに答える。

「あー、えーっと。たしか経済学だったと思う」

「思うって、自分の専攻でしょ。タクが経済学部ってことはさすがに知ってるよ。学科は？　どんなこと勉強してたの？」

「いやぁ、覚えてないなぁ。バイトとサークルばっかでまじめに講義受けてなかったからさ。一年で離脱したし、忘れちゃった。はは」

　忘れちゃったって、あんなに頑張って勉強して入った大学なのに。絶句する私に、拓朗はヘラヘラと笑顔を見せた。

　たしかに拓朗は勤勉な学生とはいえなかった。拓朗がまだこっちにいた頃、「朝起きれなくて講義に間に合わない」とか「レポートを提出するのを忘れた」などと言っていたのを思い出す。

「覚えてることもあるでしょ。会計とか、金融とか」

「うーん、全然覚えてないや。そんなことより、作ってくれた伴奏を聴かせてよ」

　おじさんやおばさんが聞いたら残念に思うだろうなぁと呆れ果てながら、やれやれとパソコンに手を伸ばす。

「じゃあ、作っておいたのを再生するね」

　ピアノの伴奏作成は、2番の後半に差し掛かっている。睡眠を削ったおかげでずいぶん進んだ。

「トモちゃん、この短期間で曲を作るの上手くなってるよね。さっすが〜」

「褒めてもコーラとお菓子しか出ないよ」

　持ち上げられて気をよくした私は、自分のおやつにと買っておいたチョコを追加で供えた。カサッと音が立ったので、拓朗が食べたのだろう。

しかし次に聞こえてきた言葉に、かすかに浮上した気分も奈落の底に落とされる。

「あ、前サビと後サビの繋ぎの音なんだけど、もうちょっと低音多めにできないかな。1番のサビとのギャップがある方が、盛り上がりを演出できると思うんだけど」

拓朗が指摘した部分は、自信があるところだった。49連のものを選んだとはいえ、MIDIキーボードはピアノよりずっと鍵盤の数が少ない。低音と高音を同時に使いたい時は、左右別々に録音してハーモニーを確認するという手間がある。その手間を惜しまず何度も音を吟味してできたのが、今拓朗が作り替えてほしいと訴えた音だ。

曲作りを始めて以来、私は暇さえあればピアノ伴奏が印象的なヒット曲を聴いて研究してきた。そうして伴奏のメロディーラインの傾向を掴み、イメージを膨らませ、この歌に合うよう自分なりに試行錯誤して、必死に音を作ってきた。少しでもいい曲になるよう力を尽くしてきた。二十歳(はたち)で人生を終えた拓朗の未練が、綺麗になくなるようにと願いを込めて。

私にずっと憑いているのだから、拓朗だってそれはわかっているはずだ。

それなのに、簡単にボツにするのね。

「……もうやだ。どうして私がこんな思いしなきゃいけないの」

心が折れた。折れたところから溜め込んでいた言葉が漏れ出る。

「トモちゃん？　どうしたの？」

「睡眠削って、友達との時間も削って、恋愛もダメになって、それでも頑張って作ったのに。タクはすぐに、当然みたいに否定する」

「ごめん。そんなつもりは……」

ない、なんて言わせない。だって散々そうしてきたじゃない。

目に涙が溜まる。すぐに頰へと流れていった。悔しくてたまらない。拓朗の前では泣きたくないのに。

拓朗は動揺しているのか、なにも言ってこない。それがまた腹立たしい。

「曲が完成してけいこさんに届けば、あんたは成仏して終わりかもしれない。でも私はこれからも生きていかなきゃいけないの。自分の将来とか、健康とか、今一緒に生きている人、これから一緒に生きていく人との関係も大切にしていかなきゃいけないの。それを犠牲にして頑張ってるのに、なんなの。もう」

こんなこと、亡くなっている拓朗に言ってはいけない。

頭ではわかっている。だけど、漏れ出した感情の止め方がわからない。

「タクのそういう図々（ずうずう）しいとこ、ほんと嫌い。少しは空気を読んだり、人の気持ちとか事情を考えて発言しなさいよ」

自分がカッコ悪くて情けない。泣きながら喋ると声は震えるし、目と鼻の奥は痛いし、もう最悪だ。

拓朗は俯(うつむ)いて、やっぱりなにも言わない。

「なんとか言ったらどうなの」

私はムカついて拓朗を小突くように腕を振ったが、空を切る。

「俺は、死にたくて死んだわけじゃない」

拓朗は下を向いたまま低い声を出し、ゆっくりと顔を上げた。そしてまっすぐに私を睨みつける。こんな顔を見たのは何年ぶりだろう。

「トモちゃんは、明日死ぬかもしれない恐怖を抱えながら生きた人間の気持ち、わかる？　自分の未来が死しかないって突きつけられた人間の絶望を、体験したこと、ある？　人の気持ちを考えて発言しろって、どの口が言ってんだよ」

ぞわっと全身が総毛立つ。拓朗から禍々しい圧のようなものを感じる。本能的に体が拒否反応を起こしたのか、無意識に拓朗と距離を取った。

「これが最後のチャンスなんだよ。俺にはこの曲しかないんだよ。最初で最後の一曲なんだよ。これを最高の一曲にしなきゃいけないんだよ。トモちゃんはこれからもたくさんの時間とチャンスがあるだろ？　健康だろ？　まだまだいろんな人と出会えるし、ちょっと無理しても寝れば元気になるだろ？　うらやましい。ほんと、心底うらやましいよ。俺には未来もチャンスもなにもない。この曲しかないんだよ！」

拓朗が大きな声を出したのと同時にキンと頭に痛みが走り、反射的に目を閉じた。目を開けて視界に飛び込んできた拓朗の姿に、ゾッとした。拓朗の服が、朱に近い赤色になっている。さっきまで上下ともに白い服を纏っていたはずだ。

「俺だって、まだまだ生きたかった。どうして俺が病気になんてなったんだよ。どうして俺が死ななきゃいけなかったんだよ。やりたかったこと、まだほとんどやれてないのに。こんな人生ってありかよ！」

拓朗の叫びを聞いたことで、私の涙はますます止まらなくなってしまった。腹立たしい。悔しい。怖い。悲しい。切ない。やるせない。ごめんなさい。

嫌な感情ばかりがせめぎ合って、胸が苦しい。

「俺だって、トモちゃんがいろいろな才能を無駄にしてるところ、大嫌いだ。だから夢も目標も見つからないんだよ」

拓朗はそう吐き捨てるように言ってふっと姿を消した。時刻はまだ、午前二時十五分だった。

そしてその朝、私は四十度近い高熱を出した。

6

病院に行ったのが三日前。診断結果は風邪で、発熱以外に症状はないので抗生剤と解熱剤だけ処方してもらった。しかしいまだに熱は下がらない。

食事をする気力はないが、薬を飲むためにゼリー飲料やお湯を注ぐだけのカップスープを無理して飲む。楽に食べられそうな食料とスポーツ飲料がそろそろ尽きてしまう。うまかっちゃんがまだひと袋あった気がするけれど、この体調でラーメンを食べる気にはなれない。こんな時、ひとり暮らしは心細い。

体温を測ってみる。三九・二度と表示されている。昨日よりは少しだけ下がったけれど、起き上がるのもつらい。トイレに行くのがやっとだ。解熱剤が効いている時はもう少し楽になるのだけれど、三、四時間で効果が切れ、また元の体温に戻る……というループ。

何度も汗をかいてどうしても気持ち悪かったので、薬が効いている隙にシャワーを浴びた。それがよくなかったのか、薬が切れた途端、余計に具合が悪くなった。

ただの風邪とは思えない。拓朗のことがあって、自分も命を脅かすような大病を患ってしまったのだろうか……なんて考えて家族の顔が浮かぶ。

拓朗はあれ以来現れていない。というより、丑三つ時に私が眠っているから会えていない。謝って仲直りしたいのだけど、どうしても深夜に起きていられなかった。もしかしたら私に怒って離れていったのかもしれない。

別の可能性として、嫌なことを想像してしまう。

「もしかしてこの熱、タクの呪い……？」

いや、そんなわけない。いくらケンカしたからって、拓朗が私にそんなことするはずがない。熱のせいで頭がおかしくなっているだけだ。

とはいえ拓朗は、私に取り憑いて川に落とし、半殺しにまでした幽霊だ。高熱で苦しめることくらい、簡単にできるかもしれない。

回らない頭で〝かもしれない〟と〝そんなわけない〟を繰り返す。するといつの間にか眠っているのだけれど、必ず悪夢を見る。サークルのメンバーや友人、バイト先の同僚たちに「ウザい」「キモい」「使えない」と冷たくされる嫌な夢に苦しみ、目覚めると汗びっしょりで、喉がカラカラに渇いている。

今日何度目かの渇きを感じ、私は縋るようにスポーツドリンクを飲んだ。ペットボトルが空になる。これが最後の一本だった。食料も尽きている。あると思っていたまかっちゃんもなかった。さすがに買い物に行かなければ。

起き上がろうと試みる。勢いをつけて頭を上げると、激しい頭痛と目眩がして、そのまま枕とは反対側に倒れ込む。

こんな状態で買い物なんて無理だ。梨乃か彩花に買い出しをお願いしよう。

なんとかふたたび体を動かし、枕元のスマートフォンを手に取る。ロックを解除してトークアプリを開き、彩花のアイコンを先に見つけたのでタップ。

【まだ治らないの？　本当に大丈夫？　なにか欲しいものがあったら言ってね】

私を気遣うメッセージが目に入り、嬉しくて涙が出た。

しかし、なぜか返信が打てない。

【なにか食べ物とスポーツドリンクを買ってきてほしい】

文面はちゃんと頭にあるのに、打ち込もうとするとなぜか頭痛がひどくなり、視界がぼやけ、指が動かなくなる。まるで何者かに妨害されているようだ。バイト先に欠勤の連絡をした時は、何事もなく打ち込めたのに。

食べ物も飲み物もないのは本当にまずい。大病じゃなくても、脱水症状と栄養失調で死んでしまう。

「せめて、水……薬……」

呻きながら、這うようにしてキッチンへ。いつも拓朗にコーラをお供えするのに使っているグラスに水道水を汲み、少しずつ飲む。カルキ臭くて美味しくないけれど、背に腹は代えられない。

立っていられないのでキッチンに背を預け、ずるずると座り込んだ。床が冷たくて気持ちいい。水をひと口、またひと口。飲んでいるうちに視界がキラキラしてきて、すぐにすべてが真っ白になった。

「あ、これ本当にダメなやつだ……」

そう思ったところで、私の意識は途切れた。


最後に拓朗に言い捨てられた言葉が、胸に刺さっている。

「俺だって、トモちゃんがいろいろな才能を無駄にしてるところ、大嫌いだ。だから夢も目標も見つからないんだよ」

私は言うなれば器用貧乏で、なんでも器用に要領よくこなしてきたけれど、なにかひとつのことに打ち込んで突き詰めたことはなかった。

教室代表としてコンクールにまで出させてもらったピアノは、小学校卒業と同時に辞めた。高校の部活も、県大会出場が見えていたのに、引退を待たずに退部した。もし辞めずにやりきっていれば、なにかが違っていたのだろうか。夢や目標に繋がるなにかが見えていたのだろうか。将来なにをしていいかわからずに悩むこともなかったのだろうか。

拓朗は私とは逆で、夢や目標を見つけ、継続するのが得意な人間だった。

私と拓朗は、小学校一年生の時に揃って習字を始めた。四年生からは級位の獲得を目指すことになったのだが、先に進級するのはいつも私だった。拓朗はなかなか合格をもらえなくて、いつも悔しそうにしていた。それでも私が進級するたびに、「さすがトモちゃん。すごい!」と褒めてくれていた。

小学生の部の二段まで獲ったところで、私は書道教室を辞めた。ピアノと同じく、小学校卒業のタイミングだった。

その当時、拓朗はまだ一級に甘んじていた。同じ教室に通っている同級生の中でも、進級は遅めだった。

けれど拓朗は、中学に進学しても、高校に進学しても、書道教室を辞めなかった。

中学のサッカー部、高校のギター部と両立しながら、高校三年の夏に引退するまで、週に一回コツコツ教室に通って、進級試験を受け続けた。

結果、一般の部で、最高八段のところ六段まで段位を上げた。いわずもがな、私が足元にも及ばないほど素晴らしい作品を書ける腕前となっていた。

高校三年の秋、拓朗は高校生対象の書道コンクールで大きな賞を獲った。作品は校内の目立つ場所に展示され、生徒たちにも「こんな字を書けるなんてカッコいい」と好評だった。

迫力のある素晴らしい書を前に、私は愕然とした。もちろん、拓朗の受賞は心から嬉しかった。けれど同時に、自分に欠けているものを正面から突きつけられた気がしたのだ。

私は器用で何事もそつなくこなせる人間なので、初めの方こそ他の人より上手くやる。けれど器用さにあぐらをかいて、人並みの努力をしてこなかった。

そんな人間は、いずれ拓朗のような努力を継続できる人たちに追い抜かれていく。早いうちに「上手だね」「すごいね」と褒められいい気になっていた私は、それに満足して――いや、本音を言えば継続することが面倒になって、最後までやりきることなく、中途半端なところで逃げていた。結果、私にはなんの実績も残っていない。

私は表面だけ取り繕った、中身のないハリボテ人間だ。さらにそのハリボテを立派なものとして褒めてもらおうと躍起になっている、ウザくて痛い人間だった。

それを自覚して三年くらい経ったけれど、いまだ私はなにも成していないし、夢や目標どころか、卒論のテーマすら見つけられていない。ハリボテのままだ。

拓朗は、ぱっと見はヘラヘラして軽薄そうだけれど、何事も最後までやり遂げられる、尊敬すべき人間だ。苦手なことがあっても腐らず、壁があっても乗り越えて、夢や目標を持ち続け、叶えるために努力し、時間をかけて大きく成長する大器晩成型。

生きてさえいれば、大学を卒業し、就職して、仕事をしながらでもソングライターの夢を叶えていたに違いない。

神様はなぜ、拓朗から輝かしい未来を奪ったのだろう。

拓朗が夢を叶えていく未来を、私はとても楽しみにしていたのに。

――ピーンポーン　ピーンポーン
――ドンドン！　ドンドン！
――ピーンポーン　ピーンポーン　ドンドン！
インターフォンと強いノック音が響いて目が覚めた。体が横たわっている。倒れていたようだ。どれくらいこうしていたのだろう。視界が少しずつクリアになって、グラスが倒れて水がこぼれているのが見える。

――ピーンポーン　ピーンポーン

「季村！　いるか？」

水野くんの声がして、一気に我に返った。どうして水野くんの声が？

慌てて起き上がろうとしたが、無理だった。目眩がする。とてつもなく具合が悪い。

「水野くん……」

なんとか声をあげる。誰でもいい。とにかく助けてもらいたい。

「季村！　いるんだな！　開けられるか？」

這いつくばって、一メートル先の玄関へ。汚れるのを構わずたたきに右手を突き、左手で鍵を開ける。その音を聞いた水野くんが、すぐにドアを開けた。

「季村！　えっ、おい、大丈夫か？」

今にも死にそうな私を見て、水野くんは驚いたようだった。彼の靴しか見えない。顔を見上げる元気もない。私は首を横に振った。

「入るぞ」

そう言うと水野くんは私を抱え、ベッドへと運んでくれた。途中「冷たっ」と呟いたので、こぼれた水を踏んでしまったのだろう。飲み物と食べ物を買ってきてくれていて、「飲めるか？」「食えるか？」と甲斐甲斐しく世話を焼いてくれる。

私はまともに話すこともできない。飲んだり食べたりするだけでも精一杯だ。

「これは想像以上にヤバそうだな。保険証は？」

「財布……いつものバッグに……入ってる……」

「よし。病院行くぞ」

水野くんに支えられながら、数日ぶりに外に出た。暗くて雨が降っている。慎重に階段を降り、アパートの前に停まっている車の助手席に乗せられた。体を起こしているのがつらくて、ぐったりとドアのガラスにもたれた。

それからの記憶はとびとびで、気づいたら知らない病院のベッドで点滴を受けていた。水野くんが横にいる。

「水野くん……」

「季村、起きた？　具合は？」

「いいとは言えないかな……」

なんとか笑って答えた。口角を上げられるくらいには回復しているようだ。

「そうだよな」

彼も弱々しく微笑む。すっぴんだし、適当な寝間着だし、髪はボサボサ。好きな人にこんなみっともない姿を見せているなんて、穴を掘ってでも中に入りたいほど恥ずかしい。けれど、本当に助かった。彼は命の恩人だ。

「どうしてうちに来てくれたの？」

サークル欠席の連絡をして以来、なにもやりとりはしていないのに。

水野くんは眉間と鼻筋にシワを寄せ、複雑な表情を浮かべた。

「季村の死んだ幼馴染みの名前って……まつやま、たくろう？」

「えっ？」

どうして水野くんが拓朗のフルネームを知ってるの？

「そいつ、色白でヒョロッとしてて、黒髪で、白いシャツに白いズボン穿いてる？」

「うん……幽霊になってからは、そんな感じだけど……」

拓朗の話はしたけれど、写真なんか見せていない。フルネームも教えていない。白シャツ白ズボンという服装は幽霊になってからのものだし、見せられるわけもない。

「夢枕に立つってやつなのかな。今日一日やけに眠くて、うたた寝すると必ずそいつが夢に現れてさ。必死に『トモちゃんを助けてくれ』って頼んでくるんだよ。季村が体調崩したのは知ってたし、まさかとは思いつつ来てみたら……。いやほんと、来てよかった」

水野くんはそう語り、深く安堵のため息をついた。

「タクが……本当に……？」

目の奥がツンと熱くなり、すぐに耳の方へと涙が流れる。

拓朗が助けてくれたんだ。幽霊の自分にできる方法で、水野くんに頼んでくれたんだ。高熱が出たのも治らないのも、もしかしたら拓朗の仕業かもしれない……なんて少しでも考えてしまったのが恥ずかしい。

「俺、あの日からずっと、季村の話について考えてた。ネットで心霊について検索して、出てきたページとか記事とか、たくさん読んだよ。とにかく知ろうと思って」

あの日とは、私が彼に拓朗のことを打ち明けた日のことだろう。

「そうだったんだ……。知ってみて、どうだった？」

「正直、全部ただの作り話だと思った。読んだ記事が悪かったのかもしれないけど、エピソードがあまりに都合よく出来すぎてる気がした。季村の話も同じかなって。信じられなかった」

「そうだよね……」

都合がいいと捉えられても仕方がない。私だって自分でそう思う。川に落とされ殺されかけたのに、それを許したうえに生活を削って曲作りに協力するなんて、現実離れしすぎている。ふつうなら、川に落とされた時点で恨むし、怖い。なにより幽霊の存在なんて信じられないだろう。

「でもこんなことが起こっちゃあ、信じざるを得ないよな」

「巻き込んでごめんね。でも、助けに来てくれてありがとう」

食料が尽き、水も満足に飲めず、助けを求めることすらできなかった。もし水野くんが来てくれなかったら、どうなっていたかわからない。

ふと水野くんが私の手を握った。自分の体温が高いからか、ひんやり冷たい。まだ具合は悪いけれど、心は素直にときめいてしまう。

「俺には霊なんて見えないし、得体が知れなくて正直怖い」

「うん。私も」

「でも、好きな女の子の話を信じずに見捨てて逃げたこと、ダサかったなって反省してる。そんな男にはなりたくねーなって、なっちゃいけねーなって、思った」

水野くんが、まじめな顔で私を見つめている。

「好きな女の子って、私のこと？」

「そうだよ。他に誰がいるんだよ」

「だって……。私なんかのどこがよかったの？」

もっとかわいくて綺麗で、幽霊なんて憑いていないふつうの女の子、うちの大学にたくさんいるのに。

「あえて挙げるなら、責任感が強いところかな。季村って、頼まれて引き受けたことは、なにがあっても最後までやり遂げるだろ？　ひとりで抱えずもっと俺を頼ればいいのにって気にしてるうちに、いつの間にか好きになってた」

彼の〝最後までやり遂げる〟という言葉に、心が震えた。私はいろんなことを途中で辞めてきたから、自分を責任感の強い人間だなんて思ったことはなかった。小さい頃から拓朗の頼みを聞いていた時の癖で、なにかを頼まれるとつい引き受けては無理をしてでもこなしていただけだ。

でも彼にそう言ってもらえるくらいだから、こんな私でも、少しはいいところがあると思っていいのかな。胸を張ってもいいのかな。

「ありがとう。嬉しい」

また目の奥がツンとして、涙が出る。情けないところを見せてばかりだ。

「季村、ごめん。俺、ビビって逃げた。でももう逃げない。幽霊だろうがなんだろうが受け入れる。曲作りのことも、応援する」

「うん。ありがとう」

「だから……ビビりな俺だけど、付き合ってくれませんか」

こんなボロボロの私を見ても、好きだと言ってくれて嬉しい。

「はい。幽霊が憑いてる私だけど、よろしくお願いします」

病院のベッドで点滴を受けながら、私は水野くんの彼女になった。

ドラマや漫画のようなキラキラした記念日にはならなかったけれど、私にとってはどんなシチュエーションよりも彼の真心が感じられて、素敵だと思った。

点滴を終え、水野くんとともに帰宅した。ベッドに直行し、倒れるように寝転がる。付き合いはじめの浮かれた雰囲気に浸ることはまだ難しい。まずは早く健康を取り戻すことに集中する。

「朝・昼・晩に必ず体温と体調を報告すること。異常を感じたら我慢せずに電話すること。わかったな？」

水野くんはそう言いつけ、しぶしぶ帰っていった。看病のために泊まりたかったみたいだけれど、風邪をうつしてはいけないので断った。

病院で点滴をしたし、新しく薬も処方してもらった。食料と飲料も追加でたくさん買った。心配して駆けつけてくれる恋人ができた。危機を察して誰かに伝えてくれる、頼り甲斐のある幽霊も憑いている。だからきっともう大丈夫。

私は数日ぶりに気持ちよく眠った。悪夢はもう見なかった。

喉の渇きで目が覚めた。すごく汗をかいている。着ている服がじっとり濡れて、重い。

水野くんが買ってくれたスポーツドリンクを飲めるだけ飲み、立ち上がった。まだ少しクラクラするけれど、体はずいぶん楽になった。点滴の効果はてきめんだ。

新しい服に着替え、体温を測る。もう何日も三十九度台だったのだが、三十八度ちょうどまで下がっていた。まだ熱はあるけれど、危機は脱したと思っていいだろう。

水野くんにメッセージでそう報告して、スマートフォンを問題なく操作できることにも安心した。

それにしても、店長に欠勤の連絡をした時は問題なく操作できたのに、梨乃や彩花に助けを求めようとした時だけメッセージを打つことができなかったのはなぜだろう。仕事のことという責任意識が熱に勝ったのだろうか。水野くん曰く、私は責任感が強いらしいし。

時計を見ると、時刻は午前二時半を過ぎた頃だった。

「タク、いる?」

試しに声をかけてみる。

「うん、いるよ」

拓朗の声がしたので姿を探す。見当たらないなと思ったら、閉まっているドアからにゅうっと現れた。私が着替えをしていたから、部屋の外に出ていたのだろう。

「この間はごめん。自分が苦しいこと、全部タクのせいにして責めちゃって」

「ううん。俺こそごめん。トモちゃんがいろんなことを我慢して協力してくれてることに感謝を忘れて、ワガママになってた」

拓朗はベッドの脇まで来て、正座をした。気まずそうに眉を下げ、唇を尖らせている。反省している時の顔だ。懐かしい。しばらくお供え物ができていないからか、透けている。

「いいよ、それで。私がタクにしてあげられること、もう曲作りしかないもん。〝一生のお願い〟って、たぶん本当はこういうのをいうんだと思う」

茶化すように告げると、拓朗は力なく「はは」と笑う。

「俺よくトモちゃんにしてたなぁ。〝一生のお願い〟」

昔から調子のいい拓朗は、よく「お願いお願い」と頼み事をしてきたけれど、一生のお願いも幾度となく使った。ただしその内容は「当たったカプセルトイを交換してほしい」とか「ファミレスに入ったはいいけれど、財布を忘れたから助けてほしい」とか、思い出すと笑いが出るほどしょうもないものばかりだった。

「私が死にそうになってること、水野くんに知らせてくれてありがとうね。おかげで命拾いしたし、なぜかこんなタイミングで付き合うことになったよ」

「見てたよ。おめでとう。あいつ、スカしててムカつくけど、トモちゃんのこと大切にしてくれるって確信できたから安心した」

水野くん自身は「ビビって逃げた」と反省していたけれど、幽霊が憑いている女なんて、そもそも逃げて当然なのだ。それでも自分なりに心霊のことを調べてくれていたこと、巻き込まれる形で体験しても気持ち悪がらずに認めてくれたことが、本当に嬉しかった。

「タクも恋愛、してみたかった？」

拓朗は「うーん」と唸り、少し考えた。

「生きてた時は、童貞のまま死ぬのは惜しいなぁとか思ってたんだけどね。いざ死んでみると、そういうことにはまったく興味がなくなってさぁ」

「へぇ、そうなんだ」

「恋愛は生命活動なんだなって、死んでから悟ったわ」

恋愛は生命活動。言い得て妙というより、とてもシンプルで本質的な真実だと思った。

多くの生物は、パートナーと結ばれて命を次の世代へ繋いでいく。恋愛は、俯瞰して見れば、そのための本能的な活動の一環に過ぎないのかもしれない。もちろん、すべての人が子孫を残すために恋愛をするわけではないけれど。

じゃあ、亡くなった人間の恋愛感情はどうなるのだろう。生物としての欲求がなくなったのと同時に消えてしまう……なんてことは、ないはずだ。消えていないからこそ、拓朗はこうしてけいこさんのために曲作りをしている。

「タクは今、けいこさんのことをどんな風に思ってるの？」

「感謝と憧れ。それだけだよ」

拓朗は迷いなく、さっぱりと即答した。

「私だけ恋愛成就して、ズルいなって思ったりしない？」

そう言いそうになったけれど、やめた。その代わりに、こう告げておく。

「私の体調が戻ったら、また曲作り進めようね」

拓朗は明るく「うん。ガンガンよろしく」と返し、音もなく消えていった。

7

水野くんに病院に連れて行ってもらった翌日の夜、ようやく平熱まで下がった。そこから念のためもう一日だけ休み、今日から日常に戻る。

「ふたりとも、ご心配おかけしました」

何度もお見舞いのメッセージをくれた梨乃と彩花は、約一週間ぶりの私を見るなり飛びつくように抱きついてきた。

「本当だよ〜！　既読が付いてもなかなか返信が来ないし、マジで心配した！」

「とにかく治ってよかった。ちょっと痩せた？」

「うん。嫌なダイエットだったな」

「休んでる間のノートとレジュメ、あとでコピーして渡すね」

「ありがとう。助かる」

休んだ分は、自力で追いつかなければならない。厳しく出席を取っている講義は、病欠の証拠として病院でもらった領収書などを提出する必要がある。しばらくはますます忙しくなるけれど、やるしかない。もちろん、体調には気をつけながら。

ふたりは寝込んでいる間の状況をいろいろ尋ねてきた。正直なところ、ほとんど高熱と悪夢にうなされているだけだったので、語れることは多くない。

水を飲むためにキッチンまで行ったらそのまま気を失ったという話をすると、ふたりは顔を青くして悲鳴をあげた。

「都萌実、本当に危なかったんじゃん！」

「どうして私たちに連絡しなかったの！」

「何度も連絡しようとしたんだけど、電話をかける力も出なくて」

今考えても不思議だ。助けを乞おうとスマートフォンを握ったのになぜか文字が打てないし、通話ボタンの位置もわからなくなっていた。それほどよくない状況だったのだろう。ただの風邪だと思っても、舐めてかかってはいけないのだと学んだ。

「でもこうして元気になったってことは、誰かに助けてもらえたのね？」

梨乃の問いに、ドキッと胸が跳ねる。いよいよこの話をする時が来た。私は深く息を吸い、背筋を伸ばした。

「うん。それでね、実は、ふたりに報告したいことがあって」

脈絡なく「報告」と口にした私に、ふたりは顔を見合わせる。頭の中で何度もシミュレーションしたのに、いざとなるとやっぱり照れくさい。

「倒れた私を助けてくれたの、水野くんなの。心配して来てくれて、それで――」

ゴニョゴニョと歯切れの悪い話し方をしてしまった。けれどふたりは急かさずに聞いてくれて、今度は祝福の悲鳴をあげた。

「やったじゃん！」

「おめでとう～都萌実！」

ずっと応援してくれていたふたりは、まるで自分のことのように喜んでくれた。

翌週、四週間ぶりにサークルに顔を出した。メンバーは「体はもう平気なの？」「しんどくなったら休んでね」などと声をかけてくれた。いい仲間に恵まれて、とてもありがたい気持ちになる。

「都萌実。アプリに参加者の入力、頼んでもいい？」

「うん。任せて」

水野くんに名前で呼ばれることにはまだ慣れない。どうにも気恥ずかしくて、私はまだ彼を「礼央」とは呼べずにいる。

彼はクールなのでさっぱりした恋愛をするのだろうと想像していたのだけれど、意外とマメだった。付き合いはじめて約十日、毎日電話をくれるし、時間が合えば顔を見に来てくれる。私のことをよく気にしてくれているのがわかって、そこはかとない幸福を感じる。

水野くんとの関係を、わざわざメンバーに公表するつもりはなかった。だけど私たちの雰囲気が変わったことから、みんななんとなく察しているようだ。けれどからかったり冷やかしたりはせず、そっとしてくれている。

「山辺のことは、自分でけじめをつけたから」

体育館に来る前、水野くんがそう言っていた。恵里奈には彼自ら報告したのだろう。不服そうに遠くから睨んでくる彼女の視線が痛い。まあ、仕方がない。

メンバーは不機嫌を隠そうともしない彼女を気遣い、腫れ物に触るように接している。誰も私と水野くんのことを冷やかさないのは、恵里奈をこれ以上不機嫌にさせないためでもあるのだろう。

こんな雰囲気は健全じゃない。このサークルの幹事のひとりとして、そして三角関係の当事者として、なんとかしなければ。

そう思った私は、試合と試合の間に恵里奈に話しかけた。

「ねぇ、恵里奈」

彼女は私が近づくと逃げるように避け、会話に応じなかった。私と水野くんのことが、よっぽど気に入らないらしい。

「だからって、子供じゃないんだから……」

私の恋が成就するということは、彼を好いていた他の人が傷つくということでもある。それが近しい人間だと気まずいし、自分に非はなくとも罪悪感に似た感情がくすぶる。好きな人と結ばれて幸せな反面、恨まれる煩(わずら)わしさがまとわりつく。

サークル内の恋愛においては、そういうこともあるだろう。誰かの恨みを背負う覚悟がない人間に、恋人を作る資格はないのかもしれない。

サークルを終え、みんなとファミレスで食事したあと、水野くんは当然のようにヘルメットを私によこしてきた。

「都萌実、帰ろう」

本当に水野くんの彼女になったんだなぁと、不意に実感して照れる。

「じゃあせっかくだし、うちに上がってく?」

「うん、そのつもり。乗って」

被ったヘルメットのベルトは、今日も私のサイズにピッタリだ。あたりまえのように一緒に帰ったり、部屋でふたりの時間を過ごしたり。彼との関係が新鮮かつ特別で、今はまだちょっとしたことで心が舞い上がってしまう。

　このままずっと、いい関係を続けられたらいいな。

　彼の背中で風を受けながら、密かにそう願った。


　午前二時四十分過ぎ。私は拳を天高く突き上げた。

「やったぁ……！　やっと完成した……！」

　近隣の住人たちの迷惑にならないよう、声はできるだけ抑えて歓喜の声をあげる。

　とうとうピアノ伴奏が完成したのだ。

「トモちゃん、出来たのはピアノのパートだけだよ。これから他の楽器の音も入れていくんだからね」

　拓朗は窘めるように言うけれど、これを喜ばずにいられるか。睡眠時間を削り、健康を犠牲にし、大学生活との両立において数多（あまた）の困難を乗り越え、ようやくここまで来たのだ。

　ピアノ伴奏が完成したことで、歌詞と主旋律だけだった歌は一応〝曲〟と呼べる形になった。ここから他の楽器の音を重ねていくのだけれど、これまでのような大仕事ではないはずだ。

曲作りを始めてもうすぐ二ヶ月。長くて暗いトンネルを抜けたような清々しさと眩しさを感じる。曲の完成というゴールが見えてきた。

「今夜はもうここで終わりにしちゃおう。ピアノ伴奏完成祝いに、お供え物追加するね」

拓朗にそう告げ、コーラの横にブラックサンダーをふたつ足す。するとすぐにカサッと音が鳴り、コーラも少し減った。

「トモちゃん、今夜はずっとご機嫌だね。わかりやすいやつめ。いいことあった？」

拓朗は私の様子を見て、きょとんと首を傾げた。

「今日水野くんが来てたんだけど、会話は聞いてなかったの？」

「来てたのは知ってるけど、会話なんて聞いてないよ。俺、水野が来たら部屋を出るようにしてるし」

「え、そうだったの？」

見えないだけでいると思っていたから、いろいろ遠慮して過ごしていたのに。

「いくら姿が見えないからって、俺がいたら嫌でしょ」

幽霊なりに気を利かせてくれていたようだ。まあ、幼馴染みとその彼氏がイチャイチャしている部屋にいても、居心地が悪いだけだろう。

「今度の土曜ね、お互いのバイトの時間までデートすることになったんだ」

付き合って初めてのデートだ。楽しみにしている気持ちが顔や態度に出てしまっていた。わかりやすいのは私も同じだったようだ。

「へぇ、やったじゃん。どこ行くの？」

「水野くん、連れていきたいところがあるんだって。場所は『当日のお楽しみ』って言って教えてもらえなかったけど、午前中のうちに車で迎えに来てくれるみたい」

デレデレ饒舌になってしまう私を、拓朗が呆れたように笑う。

「トモちゃん、浮かれすぎ」

「こんな時くらい浮かれさせてよ」

「あんまり期待しすぎて、ガッカリしないようにね」

拓朗がじとっとした目つきで私を見ている。片想いのまま亡くなった拓朗の前ではしゃいでしまったのは、ちょっと無神経だったかもしれないと反省する。

私は軽く深呼吸をして、話題を変えることにした。

「あ、そういえば。けいこさん探し、進展があったよ」

「本当⁉」

拓朗が興奮気味に声を張る。私は「しーっ」と人差し指を立てた。

軽音サークルからDMの返信が来たのは私がメッセージを送った二日後だった。連絡をくれたのはサークルの代表で、拓朗の同期生だ。それから数日おきに何度かメッセージのやりとりをしていたのだけれど、同期生は拓朗が亡くなったことを知らなかったようで、私の話にとても驚いていた。

「タク、大学の人にも病気のこと、話してなかったんだね」

「あー、うん。死ぬかもしれない病気の話とかされても重いでしょ」

「そうかもしれないけど……」

どうして私にすら話してくれなかったの？　という不満が再燃したが、今は飲み込んでおく。拓朗自身が私に伝えないことを選択したのだから、仕方のないことだ。

ふじわらけいこさんと連絡が取りたい旨を伝えると、拓朗の同期生は、ありがたいことに協力的な返事をくれた。同期生自身はけいこさんと直接的な繋がりはないそうだが、けいこさんが所属していたイベントサークルの現代表とは仲がいいそうで、けいこさんに私のことを伝えてもらえるよう動いてくれた。

「おお～ありがたい。あいつ、いいやつだったんだな」

「同期なのに、あんまり仲よくなかったの？」

「うん。まあ、俺はみんなと馴染めてなかったからね」

そうだった。コピーバンドを組むのがメインのサークルで、拓朗はあまり歓迎されていなかったのだった。それでも協力的に動いてくれるというのだから、いい人に違いない。

「とりあえず、けいこさんに向けて一歩前進ということで」

拓朗は笑顔で「うん」と答えるなり、ふっと消えてしまった。


土曜日。今日はいよいよ水野くんとデートだ。ふたりで出かけるのは約一ヶ月ぶり。町田でのカフェランチ以来となる。

すでに七月。まだ梅雨は明けていないけれど、今日の天気は晴れ時々曇り。気温は三十二度を超える予報だ。半袖のプルオーバーの上に、冷房対策でサラッとしたサマーニットのカーディガンを羽織る。車での移動とはいえ降りて歩くかもしれない。靴はフラットなものがいいだろう。天気予報に風が強いとも書かれていたので、スカートはやめてワイドパンツを穿くことにした。髪型は、車のシートにもたれやすいよう、あえてノーアレンジで臨む。

遠足の日の小学生よろしく目覚ましが鳴る前に目覚めた私は、水野くんが迎えに来る時刻の三十分前にはすべての身支度を終えていた。意図せず時間ができたので、ストリーミングサービスで流行りの音楽を聴いて過ごす。

自分で曲を作るようになって改めて気づいたのだけれど、プロが作ってプロが演奏する曲はなにもかもが上手だ。伴奏が複雑なのに、演奏にブレがない。構成がシンプルな曲でも、演出が凝っている。私と拓朗の素人仕事とはレベルが違うのを痛感する。プロには及ばないが、私たちが作っている曲だってなかなかいい感じになってきている。素敵な曲に仕上げて、胸を張ってけいこさんに届けたい。

約束の時刻は午前十一時頃。その少し前に【着いた】とメッセージが来て、飛び出すように部屋を出た。アパートの前には水野くんの——正しくは彼の親御さんの車が停まっている。

「水野くん、お待たせ」

「全然待ってないよ。乗って」

彼に促され、私は助手席に乗り込んだ。この車に乗るのは病院に連れて行ってもらった時以来だ。あの日は本当に具合が悪かったから、水野くんがハンドルを握っている姿を楽しむ余裕はなかった。今日はすこぶる元気なので、たっぷりと楽しませていただく。

「今日はどこに行くの？」

「まずは飯かな。せっかくだから、車じゃないと行きにくいところにでも行ってみようと思う」

「いいね。楽しみ」

水野くんはいつもの彼らしいシンプルな装いだ。ハンドルに伸びる腕ががっしりしていて、血管が二本浮き目立っている。横顔の輪郭や首元の喉仏も男性っぽさがあって、なんというか、やっぱり水野くんはカッコいいなと思った。

「ふへへ」

そんな彼とお付き合いをしていて、デートの最中なのだということが嬉しくて、つい間抜けな笑いを漏らしてしまった。

「えっ、なに？　なんかおかしいことあった？」

「急に笑ってごめん。水野くんがカッコいいし、デートが嬉しいから、舞い上がっちゃって」

素直にそう伝えると、水野くんはあからさまに照れた顔になった。

「俺だって、内心すげー舞い上がってる」

水野くんもこんな顔をすることがあるんだ。運転中で、正面から見られないのが惜しい。

「そうなの？　いつも通り落ち着いてて、そんな風には見えないけど」

「かわいい彼女を乗せてるのに事故るわけにはいかないから、気を引き締めてんの」

アパート前を出発した私たちは、国道16号線に出て、相模原・橋本方面へ向かっている。16号線は交通量が多く、渋滞が起きやすいことで有名らしい。この地域の道路事情に明るい水野くんは、少し進んだところで左折し、空いている県道に入った。通ったことのない道なので、景色ひとつとっても新鮮だ。

橋本を通過すると、景色は途端にのどかになった。相模原で暮らしはじめて二年以上経つけれど、ここまで来たのはこれが初めてだ。

ほどなくして、私たちは津久井湖の近くにあるログハウスレストランに入り、ランチにした。水野くんはビーフシチューを、私はオムライスを注文したのだけれど、濃厚なデミグラスソースがとても深い味わいで、素晴らしく美味しかった。

「さて、そろそろ今日の本当の目的地に向かおうかな」

水野くんがそう言って、新たにナビを設定する。楽しいドライブと絶品ランチですでに満足しているのに、まだ次のプランがあるとは、なんて贅沢なデートなんだろう。

「どこに連れて行ってくれるの？　そろそろ教えてよ」

「秘密」

車を発進させた彼の表情が、なんとなく緊張を帯びているような気がする。ほのかな違和感を覚えたけれど、私は次の目的地を想像するのに忙しくて、すぐに忘れてしまった。

この地域は山間部なので、道路は片道一車線でカーブが多い。近くに有名なレジャー施設があるのでそこに目星をつけていたのだが、水野くんはその施設をスルーした。アテが外れて、行き先にまったく見当がつかなくなってしまった。景色は山と湖ばかりで、民家も少ない。この先にふたりで楽しめるような場所があるのだろうか。ちょっと不安になってきた時、水野くんが口を開いた。

「もう少しで着くよ」

それからすぐ、水野くんが右にウィンカーを出した。右手に見えるのはふつうの民家と、砂利（じゃり）だらけの空き地だ。

「目的地が近づきました。案内を終了します」

ナビがそう告げた。目的地はここらしい。

車は砂利の空き地に入り、彼は端の方に車を駐めた。

「ここ、どこ？　なにがあるの？」

「すぐにわかるよ。どうしても都萌実を連れて行きたかった場所なんだ」

答えはわからぬまま、彼に続いて車を降りた。そして促されるまま隣の民家へ。

築三十年ほどの、よくある二階建ての家屋だ。表札には「絹川（きぬかわ）」とある。どう見てもデートで来るような場所ではない。

「ここ、誰の家？」

「とある道の、プロの家」

「プロ？　なんのプロ？」

水野くんは質問に答えることなく、やけに強張った表情で玄関扉の横のインターフォンを押した。うちのと同じ電子チャイム音が鳴る。

なにがなんだかわからない。知らない土地の、知らない誰かの家に連れてこられて、目的もわからない。この状況も、質問に答えてくれない水野くんも、ちょっと怖い。

「はぁ～い」

応答したのは高い声の女性だった。声質から、おそらく母親世代の女性だろうと思われる。

「ご連絡していた水野です」

「あ～、君が水野くんね。はいはい、今出ます～」

女性の声は明るいのに、水野くんの表情は硬い。どうやら知り合いということでもないようだ。じゃあ、いったい誰なの？

十秒ほどで扉が開いた。出てきたのは母よりちょっと年上に見えるおばさまだった。金色に近い明るい茶髪のショートヘアで、柄物のトップスに白いパンツ。首と手首に天然石のアクセサリーをジャラジャラ着けている。端的に表現すると、派手なおばちゃんだ。

「絹川先生、今日はお時間をいただきありがとうございます」

水野くんが恭しく頭を下げた。先生と呼ぶくらいだから、偉い人らしい。私も彼に倣い、ペコリと頭を下げておく。

おばさまは濃いメイクのはっきりした顔でにっこりと笑い、言った。

「三人とも、いらっしゃい。どうぞ入って」

三人？　ほかに誰かいるのかと、私はうしろを振り返る。しかし誰もいない。

それなのにはっきり〝三人〟と言ったということは、ふつうなら見えないはずのもうひとりが見えているということだ。つまりこの人は、霊能者？

「水野くん。どういうこと？」

彼はばつが悪そうに視線を逸らした。嫌な予感がする。

「まさか……タクを除霊する気？」

水野くんは渋い表情で私を見つめ、小さな声で答えた。

「必要があれば、そうしてもらおうと思ってる」

衝撃と絶望で血の気が引いた。拓朗が除霊されてしまうかもしれない。危機感を覚えた私はフラフラと二、三歩後退し、そのまま走り出す。

「都萌実！」

ひどい！　ひどい！　ひどい！　ひどすぎる！

応援してくれるって言ったくせに！　協力してくれるって言ったくせに！

全部嘘だったんだ。タクのこと、認めてくれてなかったんだ。

タクを守るために逃げなくちゃ。除霊なんてされてたまるか！

曲は完成に近づいている。けいこさんとはまだ連絡が取れていないけれど、アテは見つかった。拓朗の成仏までもうひと息。やっとここまで来たのに除霊なんてされてしまったら、未練を断ち切れるはずがない。

「はぁ、はぁ、はぁ……」

苦しい。ちょっと走っただけなのに、もう息が切れている。持ってきたバッグが邪魔で走りにくい。足がもつれそう。

なんなの、もう。さっきまであんなに楽しかったのに。幸せなデートだったのに。

水野くんのこと、大好きだったのに。こんな裏切り方ってないよ……。

「都萌実！　話聞けって！」

背後から声が聞こえたと思ったら、ぐいっと腕を掴まれ捕まった。私なりに頑張って走ったけれど、水野くんの足に敵(かな)うわけがなかった。

「はぁ、はぁ、はぁ……」

たくさん文句を言いたいのに、息切れで言葉が出ない。拓朗だけでも逃がしたい。

でもその方法がわからない。悔しくて目から涙が溢れる。

「誤解だよ。心霊のプロにアドバイスをもらって、都萌実が安全に霊と関われたらいいなと思ったんだ。拓朗を都萌実から引き離すために連れてきたわけじゃない」

「それにしても、こんな騙(だま)し討(う)ちみたいなやり方……」

今日は付き合って初めてのデートだったのに。よりによって、こんな日を選ぶことないじゃない。

「黙って連れてきたことは謝る。絹川先生の指示だったんだ」

「指示？」

「歩きながら話すよ。大丈夫だから、とにかく行こう」

水野くんが私の手を取った。温かい手が憎い。振りほどきたいけれど、ぎゅっと強く握られている。

私は反対の手で涙を拭い、逃げるのを諦めて促されるまま歩き出す。ああ、時間をかけて頑張ったメイクが台無しだ。

ゆっくり絹川先生とやらの家に向かいながら、水野くんは語りはじめた。

「俺、霊との生活がどんなものかは全然わからないけど、都萌実に大きな負担がかかっていることは確かだと思ってる。この間も、熱が全然下がらなくて危なかっただろ？　霊と関わることで、都萌実の体に悪い影響が出ている可能性があると思った」

その可能性は否定できない。あの時の体調は、どう考えても異常だった。

「でも……」

「病気で死んだ幼馴染みを大切に思っているのはわかる。でも、そのために都萌実の命が脅かされるのは我慢ならない」

「それは……」

その先の言葉が紡げない。私としても、命を脅かされるのは困る。

「ＳＮＳで心霊関係のことを調べてたら、霊媒師を名乗るアカウントがたくさん出てきてさ。俺、試しに何人かにＤＭを送ってみたんだ。【彼女が霊と関わっています。

最近ひどく体調を崩したんですけど霊のせいですか？】って。返信をくれた霊媒師と少しやりとりしたら、詐欺とかインチキっぽいやつもいたんだけど、信頼できそうな人も何人かいた」

さきほどのおばさまは、どうやらその中のひとりのようだ。

「どうしてあの人なら信頼できそうだと思ったの？」

「俺の画像から都萌実を霊視して、状況の詳細をドンピシャで当てたから」

「えっ……そんなことできるの？」

水野くんは、その時のDMを読ませてくれた。

【あなたの彼女に憑いている霊は、彼女と幼い頃から一緒に過ごしてきた男の子だと思います。近所に住んでいたお友達とか、親戚とか、そういった関係の方でしょう。あなた自身からもその男の子の気配が感じられるので、もしかして面識があるのではないですか？　直接見てみないとはっきりしたことは言えませんが、私の霊視が正しければ、彼女はあまりよくない状況です。体調を崩したのはたまたまかもしれませんが、それが長引いたのは霊障である可能性が高いと思います。お金は頂きませんから、彼女を一度私のところに連れてきてみませんか。力になれると思います】

本当にドンピシャだ。全身に鳥肌が立つ。

「それから何度かやりとりして、今日のアポを取ったんだ」

その時のDMには、こう書いてある。

【心苦しいかもしれませんが、彼女にはうちに来ることを内緒にしておいてください。「霊媒師のところに行く」なんて言うと霊が嫌がって、それに影響を受ける彼女本人も拒絶する可能性があるので。たとえ霊が嫌がらなくても、彼女自身、いい気はしないでしょうし】

彼女が霊能者だと察するなり逃げ出した私は、ぐうの音も出ない。すべてを見透かされていたような敗北感で、足取りが一気に重くなった。

「騙すようなことして、本当にごめん。とにかく、俺が望んでいるのは都萌実の健康と安全。そのために先生からアドバイスをもらおう。俺としては、もし拓朗が都萌実にとって危険なのであれば、除霊も厭わない。でもそれはあくまで拓朗が危険だった場合であって、除霊を望んでいるわけじゃないよ」

私はまだどこか納得できない気持ちで絹川邸に入った。外観はふつうの民家だったし、玄関に上がってみても一般家庭の家と変わりない。二階のベランダには洗濯物が干してあったし、玄関の隅にはなぜかナスとキュウリがたくさん入った袋が置いてあった。霊魂を扱う人はもっと神聖な雰囲気の場所に住んでいるとばかり思っていたのに、イメージと違いすぎて信じられない。

「三人とも、こちらにどうぞ」

絹川先生に案内されたのは、一階の奥の部屋だった。大きい窓があって、明るい。

パッと見はふつうの部屋なのだが、入った瞬間、気温が下がったように感じた。本当に気温が低いのかはわからないが、ここだけ空気が澄んでいるというか、部屋の外とは明らかに空気が違う。

先生に促され、私と水野くんはソファーに掛けた。先生はいったん部屋を出て、数分後に湯呑み(ゆのみ)を四つ持って戻った。それを私、そして水野くんの前に置く。

「あら、そんな端っこにいることないじゃない。あなたはここよ」

先生は誰もいない方向に話しかけ、席へ促すように湯呑みを置いた。緑茶の爽やかな香りが鼻をくすぐる。

「改めまして、絹川美織(みおり)と申します。主婦兼、フリーの霊媒師です」

「フリーの、霊媒師……？」

なんとミスマッチな言葉の組み合わせ。霊媒師にフリーとそうでない人がいるなんて、考えたこともなかった。

「霊媒師にもいろいろなタイプがいるのだけど、私は霊と対話をすることで、生きている人と霊との通訳的な役割をするのを主な仕事にしています。必要な場合は除霊もします。画像や動画、音声があれば遠隔でも霊視はできるので、仕事が暇な時はSNSに連絡をくれた人の心霊相談に乗ったりもしています。そこに水野くんが連絡をくれたの。フリーと言ったのは、私が特定の施設や団体に所属していない、ひとりでやっている霊媒師だからよ」

「な、なるほど……」

先生は見た目の派手さもさることながら、声や身振り手振りも大きい。彼女が腕を振るたびに着けている天然石のブレスレットがジャラジャラ鳴って、静かな部屋によく響く。にこにこしてよく喋る、賑やかなおばさまだ。

言動から、彼女に拓朗が見えているのは間違いない。けれど想像していた霊媒師とは違いすぎて、正直戸惑ってしまう。

「彼女さん、お名前は?」

「季村都萌実です」

「都萌実ちゃん。ちょっとよく見せてね」

「は、はい」

先生は数秒私の顔をじーっと見たかと思うと、立ち上がって横から上から視点を変えて観察しはじめた。「あら？」とか「うーん」とか、小さく漏らす声が気になる。

「え？　ああ、そう……やっぱり。いいえ、この子たちはあなたとは違うわ」

唐突に誰かと話す。おそらく拓朗なのだろうけれど、丑三つ時でないと私には声すら聞こえない。この子たちとは誰のことだろう。他にも誰かいるのだろうか。

「あの、先生？」

水野くんが恐々(こわごわ)と尋ねる。先生はふう、といったん息をつき、ソファーへと戻った。そしてこれまでとは違う、まじめな表情で私を見据えた。

「都萌実ちゃん。体調を崩していた時、誰かに助けを求めようとしても、なぜかできないということはなかった？」

ピタリと言い当てられて、思わず体を逸らし息を呑んだ。

「ありました。バイト先の店長には連絡ができるのに、友達に食べ物とか飲み物を買ってきてもらおうと思ったら、スマホの画面がまともに見えなくなって」

「体調を崩す前に、嫌なことが立て続けに起きたり、周囲の人との関係が悪くなったりしたことは？」

「ありました……。でも、どうしてそんなことまでわかるんですか？」

ここまで当てられると、すごいを通り越してもはや怖い。

「それが霊の仕業だからよ」

「えっ……」

私と水野くんの声が重なった。思わず拓朗がいるであろう場所を見る。私が知っている霊は拓朗だけだ。

「安心して。この子は違う。むしろあなたを悪霊から守っていたはず」

先生によると、〝霊〟と〝幽霊〟はちょっと違うらしい。霊とは亡くなった人（または動物）の魂や生き霊など、あらゆる霊体を広く指す言葉で、形があるとは限らない。かたや幽霊は霊の中でも上級で、拓朗のように生前の形を保っている霊のことをいうそうだ。

「通常、人の霊は亡くなってから一、二ヶ月ほどでこの世とお別れを済ませ、天へと帰ります。それが俗にいう〝成仏する〟とか〝星になる〟ということよ」

「成仏した……星になった霊は、それからどうなるんですか？」

「来世に向けて、魂の修業をするの。そして修業が終わったら、また新しい命としてこの世界に戻ってくる。これがいわゆる、輪廻転生です」

生きている人間は幽霊と関わっていると、他の霊に寄って来られやすくなるらしい。ふつうの人は自分の存在に気づかないけれど、幽霊を連れている人間なら自分に気づいてくれるのではないかと期待して、ついて来てしまうのだ。そしてそのような霊は、苦しみから逃れようと人間の精気を奪ってしまう。

「拓朗も、都萌実から精気を奪ってるんですか？」

「いいえ。拓朗くんは都萌実ちゃんを大切に思っているから、奪ったりしないわ」

縁もゆかりもない霊について来られること自体は、幽霊と接していないふつうの人にもまま起こることらしい。ただし、悪さをする霊はたいてい守護霊が追い払ってくれるので、大きな影響はないことがほとんどなのだという。

「守護霊って、私にもいるんですか？」

「よっぽど強力な守護霊でない限り、見えにくくて目立たない存在ではあるんだけど、誰にでもひとりは憑いています。都萌実ちゃんの守護霊は拓朗くんをよく知っていたから、憑くことを許したみたいね」

なるほど、それは納得できる。私の守護霊なら、共に育ってきた拓朗のことを知らないはずがない。

拓朗を連れていることで、私は霊をたくさん引き寄せるようになってしまった。しかし守護霊と拓朗だけでは、寄って来た霊たちすべてを追い払うことはできなかった。その結果、私の精気が奪われ、身体的にも精神的にも弱ってしまった。

「そこを悪霊につけ込まれたのね」

弱った人間は取り憑きやすいので、悪霊の格好のカモだ。タチの悪い悪霊は精気を奪うだけでなく、悪縁を引き寄せ窮地に追い込み、カモをさらに弱らせる。

「なんのために弱らせるんですか？」

「カモが元気な方が、長く精気を奪えそうなのに」

私たちの問いに、先生は表情ひとつ変えず答える。

「多くの場合、生きている人間の体を乗っ取るためよ」

ヒッ……と喉が鳴った。知らぬ間に、そんなにも危険な状況に置かれていたのか。

「そんなことが、本当に起こるんですか？」

そう尋ねた水野くんの声は動揺で震えている。先生は静かに頷いた。

「私は職業柄、そういう人たちをたくさん見てきました。都萌実ちゃんがお友達に助けを求められなかったのは、悪霊に半分乗っ取られていたからでしょうね」

今になってわかった真実に、血の気が引いていく。私はあの時、自分が思っていたよりはるかに危なかったのだ。

霊が生きた人間の体に入ろうとすると、体は強く拒否反応を起こすらしい。

私自身、それには覚えがある。葬儀場で拓朗が入って来た時は、激しい頭痛や目眩、吐き気があった。

　高熱が長引いたのは、おそらく悪霊への拒否反応だった。抗生剤を飲んでも快方に向かわなかったのは、原因が菌やウィルスではなく、悪霊だったからに違いない。

　どこまでが悪霊の仕業かわからないけれど、あの頃やけに焦っていたのも、講義に間に合うように起きられなかったのも、梨乃や彩花に迷惑をかけて気まずい思いをしたのも、バイト先でお客様に怒鳴られたのも、水野くんとうまくいかなかったのも、拓朗とケンカしたのも、もしかしたら悪霊が呼び寄せた悪縁のせいだったのかもしれない。すべてをなにかのせいにするのはよくないけれど、そう考えれば腑に落ちるし、度重なる不運の辻褄も合う。

「あの、その悪霊は今も都萌実に憑いているんでしょうか？」

　水野くんが冷静に尋ねた。

「いいえ。君が駆けつけた時に離れていったみたいね。霊は亡くなった命の精神体だから、生きている人間の強い気持ちには敵わないことが多いの」

「もういないんだ。よかった……」

　私が安堵する横で、水野くんはまだ眉間にシワを寄せている。

「でも、この先も都萌実が拓朗と接している限り、また同じようなことが起きるかもしれないですよね？」

安堵したのも束の間、緊張が走る。この返答によっては拓朗が除霊されてしまうかもしれない。

「その可能性は高いわね」

ぐっ、と水野くんが歯を食いしばる音が聞こえた。私は慌てて、縋るように声を張る。

「防ぐ方法はありませんか？　タクが成仏するまででいいんです！」

「そうねぇ……」

先生はすぐには答えず、拓朗の方、次に私を見て、スッと両手で印を結んだ。

「都萌実ちゃん。ちょっと目をつむって、自分の感覚に集中してくれる？」

「は、はい」

背筋を伸ばし、目を閉じる。感覚に集中するということがどういうことかはよくわからないけれど、とにかく自分の体の感覚を研ぎ澄まそうとする。

天然石のブレスレットがジャラリと鳴った。先生が小さくなにかを呟く。すると背中と左足が急にゾワゾワと痺れはじめた。

「えっ、なにこれ」

思わず言葉が出た。すぐにまたジャラッと音が鳴り、それと同時にフッと痺れが消えた。

「もういいわよ」

目を開ける。体が軽くなった感じがする。水野くんの方を見ると、驚いたように目を丸くしていた。

「都萌実ちゃん、気分はどう？」

先生がにっこりと微笑む。私はやや興奮気味に答えた。

「体が急に軽くなりました！」

「憑いていた低級霊を祓（はら）いました。それが本来の体調よ。覚えておいて」

「はい。ありがとうございます。びっくりした……」

すると、水野くんも「あの」と声をあげた。

「俺もちょっとここがビリビリしたんですけど」

不思議そうに左腕をさすっている。

「ええ。気にするほどの霊ではなかったんだけど、君に憑いていた子も祓ったの」

「ありがとう、ございます……」

私たちは顔を見合わせ、今自分たちに起きた不可思議な現象を噛（か）みしめる。絹川先生はすごい人なのだと、身を以て理解した。こんな体験をさせられたら、どんなに心霊を信じない人でも認めざるを得ないだろう。

「あくまで予防の範疇だけれど、これからも拓朗くんと生活をするなら、するべきことが三つあります」

「それは、なんでしょうか」

「できるだけ健康的な生活を心がけること。くじけそうになっても気持ちを強く持つこと。それから、体調の悪化に霊的な雰囲気を感じ取ったら、必ずお祓いを受けること。もちろん、私のところに来てくれてもいいわ」

案外簡単なことで拍子抜けした。断食とか滝行とか、そういうものを想像していたのに。

「そんなことでいいんですか？」

「霊と接していると、それが意外と難しいのよ。それから、これは拓朗くんもよく聞いておいてもらいたいのだけど」

先生が拓朗の方に体を向ける。正面の席から、ギッと音が立つ。

「霊はね、この世に留まる時間が長くなるほど生前の記憶が薄れていって、いずれ未練や恨みだけの塊になってしまうの」

「えっ……？」

思わず口を手で覆う。拓朗は現時点で亡くなって二ヶ月ちょっと。日常の会話の中で、不自然に忘れていることがいくつもあった。とりとめのない過去のエピソードはいいとして、自分の大学の専攻までうろ覚えだなんて、どう考えても不自然だった。

忘却はすでに始まっている。

「できるだけ急ぎなさい。記憶がなくなると成仏しにくくなるし、長く苦しむことになるわ」

拓朗がこのままこの世に留まり続けると、どんどん忘却が進行し、いずれけいこさんへの気持ちや曲のことも忘れてしまう。もしかしたら、私のことだって。

そうなる前に、曲を完成させなくちゃ。

――できるだけ急ぎなさい。

私はこの言葉を、しっかり胸に刻みつけた。

8

気づけば七月も半ば。梅雨が明け、本格的な夏が到来した。

気温は連日三十度超え。夜になると多少涼しくなるとはいえ、窓を閉め切っているのにエアコンがオフのままの部屋は、快適とはいえない。

「やっぱ暑い……」

耐えきれず窓を開ける。微(かす)かに入ってくる風が涼しい。

「エアコンつけたら？」

拓朗が気の毒そうに言う。幽霊は暑さが気にならないのか、まったく平気そうだ。

「まだつけない。電気代、節約しなきゃ」

そう言い切ると、拓朗は申し訳なさそうに肩をすくめた。

先日、カードの引き落としがあった。今回の請求には機材を買った分が含まれていたので、銀行口座の残高が一気に寂しくなってしまった。しばらくは節約に努めなければならない。節電、節ガス、節水はもちろん、おやつは控えて、食事も質素に済ませよう。バーゲンの時期だけれど、新しい服を買うのも当然我慢だ。

一分ほど外の風を浴び、窓を閉める。暑いのに閉め切っているのは、作業中の音が外に漏れないようにするためだ。この暑さなので、窓を開けて眠っている人も多い。またクレームを入れられて、強制退去になるわけにはいかない。

「よし、続きやるよ」

「うん。ガンガンいこう」

昨日までの作業で、ピアノに加えバイオリンの音の入力が終わった。今日はベースの音を打ち込む。入力した音を流しながら、拓朗が「ドゥン、ドゥドゥン、ドゥドゥン」と低音を口ずさむのを聞き、それを耳コピで入力する。

「こんな感じで合ってる?」

「そうそう、いいじゃん。低音が入ると深みが増すね」

求められる音がシンプルなので、音痴な拓朗の声でも解読が楽だ。ピアノ伴奏を作っていた頃が嘘のようにスムーズに進んでいる。音を重ねるほど曲がブラッシュアップされていくので、作業自体も楽しい。

曲作りは最も高い山を越え、あとは完成に向かってひたすら突き進むだけ。やっとこの段階まで来られた。いつまでもピアノの作業が終わらなかったら、きっと参っていたと思う。

「そういえば、今夜はタクに、ひとつ朗報があります」

「ん？　朗報？」

首を傾げる拓朗に、私はスマートフォンの画面を見せつけながら発表する。

「ついにけいこさんの連絡先をゲットしました！」

「おお～！　ついに！」

拓朗の同期生から連絡が来たのはつい数時間前、バイト中のことだった。

【藤原さんから、季村さんにInstagramのアカウントをお伝えしていいと返事がもらえました！　アカウントはこちらです】

休憩中にこのメッセージに気づいた私は、丁寧にお礼を述べ、イベサーの代表にも感謝を伝えてほしいと返信した。

教えてもらったアカウントを見て、拓朗は目を輝かせる。

「すげぇ！　本当にけいこさんだ！」

けいこさんは艶のある黒い巻き髪が似合う、洗練された都会の女性という雰囲気だ。画像に加工を施しているかもしれないが、芸能人並みの美女。正直なところ、幼馴染みの贔屓目を以てしても、まだ少年っぽい拓朗とは釣り合わない。

「けいこさん、こんなに綺麗な人だったんだね」

「だろ？　実物を見ると圧倒されるよ。あんな美人、俺、初めて見たもん」

拓朗は誇らしげに胸を張る。こんな美女に自分の曲を褒められたのだから、コロッと好きになってしまうのもわかる気がする。

けいこさんの美しさにも驚いたが、もっと驚かされたのは彼女の名前だ。「ふじわらけいこ」は、漢字で「藤原慧瑚」と表記するらしい。

私も木村じゃなくて季村だし、タクも松山じゃなくて真津山だ。いわゆる〝よく知られる漢字表記〟ではない族の一員だけれど、慧瑚という漢字はさすがに想像もできなかった。加えて、アカウントの表記は「kayco」となっている。自力でけいこさんを探した時、「けいこ」を思いつく限りの表記で検索してみたけれど、そりゃあ出てこないはずだ。

「へぇ、漢字そう書くんだ。俺、覚えられる自信ないや」

書道は得意なくせに、拓朗は昔から漢字が嫌いだった。小学校の頃は漢字の再テストの常連で、おばさんによく一緒に勉強するよう頼まれたっけ。

「それでも、好きな人の名前くらい覚えなよ」

「なんだよ。トモちゃんは水野のフルネーム、漢字で書けるの？」

「はぁ？　あたりまえでしょ。水野礼央。ほら」

そんなことより、気になるのは慧瑚さんの投稿だ。

今日は彼と記念日のお祝い♡
#銀座デート　#フレンチ　#2周年　#これからもよろしく
どうやら慧瑚さんにはお付き合いしている人がいるようだ。顔出しはしていないけれど、投稿されている写真には恋人と思われる男性の腕や手が写っている。拓朗の想いを知っている私としては、胸に鉛を落とされたような気分だ。

「トモちゃん、そんな顔しないで。片想いなのはわかってたし、今さら彼氏がいるくらいで傷ついたりしないよ」

「そうかもしれないけど……」

最初から片想いだと聞いていたから、両想いを期待していたわけではない。それでも、この投稿を見た瞬間の拓朗の切なげな表情を見なかったことにはできない。ただ憧れているだけ、感謝しているだけと言いながら、拓朗の中には確かな恋心がある。

たとえ恋が叶わなくても、少しくらい期待が持てる状況だったらよかったのに。

拓朗が生きていれば、たとえ失恋したとしても、慧瑚さんに釣り合う男になろうと努力したり、傷心を乗り越えて新たな恋を見つけたりできたかもしれない。だけど拓朗はもう亡くなっていて、恋はこの片想いが最後だ。そしてもう二度と恋をすることはない。誰かが拓朗に恋をすることもない。いつか拓朗にも素敵なパートナーができるといいなと思っていたけれど、それが実現することは絶対にない。

死とは、やはり悲しいことなのだ。

こんな時間に通知が鳴ってしまうといけないので、慧瑚さんにDMを送るのは日中にするつもりだ。話は通っているので、返事は遠からず来るだろう。

曲は完成が見えている。慧瑚さんと繋がることもできた。拓朗をこの世に縛りつけていた未練は、間もなく晴れる。拓朗との生活も、終わる。

「全部終わったら、タク、成仏しちゃうんだよね。成仏ってどんな感じなんだろう。本当に星になったりするのかな」

拓朗に話しかけたけれど、返事はなかった。姿も見えない。

今夜はここまでのようだ。

七月下旬。いよいよ大学の試験期間に突入した。

試験の多くはレジュメやテキストの持ち込みを許可されているが、持ち込んだところで問題がハードなので、しっかり勉強して臨まなければならない。正誤がはっきりしている択一式の試験は対策も楽なのだが、論文形式の試験はどれだけ準備しても安心できない。

また、レポートの提出を試験代わりにしている講義もある。試験期間直前にテーマが発表され、締め切りは試験期間内なので、試験勉強と並行してレポートを作成しなければならない。

「ぐはぁ……もう無理……！　ちょっと休憩しよう」

三人での勉強中、最初に音を上げたのは彩花だった。ぐったりと机に顎をのせている。

「まだ始めて一時間じゃん。早すぎるでしょ」

私たちの中でいちばん勤勉で頭のいい梨乃は、まったく疲れを見せずルーズリーフにペンを滑らせている。

「彩花、頑張ろう。試験が終わったら夏休みだよ。楽しむためにも、単位取らなきゃ」

彩花を励ましながら、自分にもそう言い聞かせる。私もそろそろ休みたいなと思っていたことは内緒だ。

「夏休みといえばさぁ、都萌実は水野くんと旅行とかしないの？」

梨乃の問いに、私は首を横に振った。

「水野くん、夏休みはインターンシップで忙しいみたい」

期間は一ヶ月で、時給も出るそうだ。働きぶりが認められれば、夏休み以降も大学での勉強に差し支えない範囲で延長することもあるという。その実績は就活で大きくプラスにはたらくし、インターン先の企業にそのまま採用されることもある。

「そっか。ＩＴ系は三年夏のインターンシップからが就活だっていうもんね」

「私たちも後期に入ったら、就活のこと、まじめに考えなきゃ」

彩花はそう言って体を起こし、「就活サイトに登録して、スーツを買って、髪を黒くして……」と指を折る。それに梨乃が「ＳＰＩの勉強もね」と言い添えた。

彩花も梨乃も水野くんも、卒業後に勤めたい業界が決まっている。夢も目標もない私は、その時点で三人――いや、他の学生たちに大きく後れをとっている。

私のやりたいことってなんだろう。私にできることってなんだろう。なにをして生きていけばいいんだろう。

考えれば考えるほど、探せば探すほど、わからなくなる。まるで霧のかかった山にいるみたいだ。目を凝らしてみても、そこに道があるかどうかすらわからない。よく見えるようにと光を当てると、乱反射して余計に混乱する。

あるアーティストが自分の将来について「眩しくて見えない」と語ったそうだが、私には今の状況をそう表現する度胸すらない。


その夜の丑三つ時。拓朗の顔を見て、私はしみじみと告げた。

「タクってすごいよね。大学で勉強しながらソングライターも目指してたんだもん」

すると拓朗は、「はぁ？」と呆れた声を出した。

「なに言ってんの。トモちゃんがそうしろって言ったんじゃん。忘れたの？」

「いや、まあ、覚えてはいるけど……」

あれはたしか高校一年の秋だった。その日拓朗は、家出をして我が家に来ていた。

家出のきっかけは学校の進路希望調査だった。拓朗はその頃にはすでにソングライターになりたいという夢を抱いていて、大学ではなく、音楽系の専門学校に行きたいと両親に伝えた。しかし、おばさんとおじさんの反応は。

「ソングライターって、ミュージシャンってこと？　あんた高校生にもなってまだ中二病なの？」

「バカなこと言ってないで、ちゃんと大学を出て定職に就け。音楽は趣味でやればいいだろう」

自分の夢を否定された拓朗は、両親と大ゲンカしてうちに逃げ込んできたのだ。それから二日、哲哉の部屋で寝泊まりした。

その時、私は拓朗の味方をしなかった。

「大学を出て就職した方がいい。勉強したり仕事したりしながらでも、曲を作ることはできるでしょ」

キッパリそう言い切った時の拓朗の青ざめた顔が、ありありと思い出される。

拓朗は「ふふ」と懐かしそうに苦笑いを浮かべた。

「あれ、すごくショックだったなぁ。トモちゃんは俺の夢を手放しで応援してくれると思ってたからさ。俺は趣味じゃなくてプロとして曲作りをしたいのに、どうして誰も俺の夢を応援してくれないんだよって、腹が立ったし悲しかった」

「ごめん。もっと言い方あったよね……」

あの日の私はショックを受けている拓朗に、さらに手厳しい言葉を放った。

「私、夢って個人の勝手な願望だと思う。子の夢を応援するかどうかは親の自由であって、義務なんてないんだよ。やりたいことをなんでもやらせてくれる親は確かに理想的だけど、自分たちだって親の理想通りの〝よい子ちゃん〟にはなれないのに、親にばっかり都合よく〝理想の親〟を求めるなんて、虫がよすぎるでしょ」

拓朗は、夢とは尊くて美しいものであり、親は子の夢がどんなものであれ、すべからく応援すべきだと考えている節があった。それを私に真っ向から否定されて、拓朗はあからさまに困惑していた。

「あれはグサッと刺さったなぁ。俺は美咲と違って、親の言うことを素直に聞く子供じゃなかったし、胸を張れるのは書道くらいで、勉強でもスポーツでも、両親の期待に応えてきたとは言い難い。それなのに、一度反対されたくらいで家出までしている自分が、途端に恥ずかしくなったんだよね」

当時の感情がよみがえったのか、拓朗はなんともいえない表情で頬をかく。

「おじさんとおばさんが反対したのは、タクの夢を潰したかったからじゃなくて、まずは自力で生きていけるようになってほしかったからだと思うよ」

ソングライターは裏方とはいえ、人気商売だ。作曲一本で食べていけるソングライターは、おそらくひと握り。そんな厳しい世界で泥水を啜って生きるより、安定した仕事に就いて健全に暮らしてほしいと願うのが親心だろう。

「うん、今はわかってるよ。あの頃の俺は、夢を叶えようとしてたんじゃなくて、親に叶えてもらおうとしてた。トモちゃんの説教のおかげで、それに気づけた」

「あの時の私、ものすごく偉そうだったよね。ほんとごめん……」

拓朗相手だとつい姉貴ヅラして偉ぶってしまうのは私の悪い癖だが、あの日は特にひどかったと自分でも思う。

「謝らないでよ。俺、感謝してるんだから」

私の話を聞いて改心した拓朗は、両親の意向通り大学に行って就職することを決心し、自宅に戻った。だけどソングライターの夢を諦めたわけではなかった。食べていけるかわからない専業ソングライターを目指すのではなく、勉強したり仕事したりしながら作曲活動をして、プロを目指すことに決めたのだ。

夢の叶え方はひとつじゃない。専門学校に行かなくても作曲はできる。特別な技術がなくても、今はネットで簡単に、しかも世界中に自分の作品を発信できる時代だ。趣味で発信したものが多くの人の目に留まり、プロになった人もそれなりにいる。そういう夢の叶え方だってあるのだ。

「大学に通ったり社会人として働いたり、そういうありふれた人生経験がある方が、多くの人に刺さるいい曲を作れるような気がしてきた」

拓朗は決意を新たにするなり、さっそくポジティブにその道を歩みはじめた。その前向きさと切り替えの早さに、さすがだなと感心したのを覚えている。

「トモちゃんはいつも、甘ったれた俺なんかよりずっと先にいて、視野が広くて、考え方が大人だったよね」

「そんなことないよ。買い被りすぎだって」

私には夢がなかったから、拓朗の気持ちをわかってあげられなかっただけなのに。

実のところ、私はこの説教のことをずっとうしろめたく思っていた。

当時、拓朗は自分の夢を叶えたくて両親と衝突したが、私は自分に夢や目標がないことで両親と衝突していた。

進路希望調査で、迷いなく「大学進学」の欄に丸をつけたところまではよかった。でも、志望する大学や学部が決められなかった。私には夢や目標どころか、特に興味のある分野もなかったからだ。

それを両親に相談したところ、こんな言葉が返ってきた。

「興味のある分野もない？　それだけ都萌実が適当に生きてるってことだな」

「都萌実って、苦手なことが少ないのはいいんだけど、得意なことがなんにもないのよねぇ」

両親の言葉は、当時の私にとってこの上なく腹立たしいものだった。

本当に悩んでいるのに、どうして寄り添ってくれないの？　そつなくこなせる能力があるだけじゃダメなの？

あまりに悔しくて、しばらくまともに親と口を利かなかった。拓朗がうちに家出してきていたので大っぴらにはケンカしなかったけれど、あの時はまさに冷戦状態だった。

拓朗を言い負かすような説教をしたのは、なにもない自分を正当化したかったからだ。拓朗のためという体で、その実、完全に八つ当たりだったのだ。

それをまさか、拓朗がこんなにありがたがっているとは思わなかった。今さら八つ当たりだったとは、さすがに言えない。

「私って、自分が思っているよりずっとタクの人生に影響を与えてたんだね」

「一緒に育ってきたんだから、あたりまえでしょ」

勉強しながら夢の実現を目指せと、私が八つ当たりで焚き付けた結果、拓朗は自身が作った曲を世に発表する前に亡くなった。

もし私が「夢に全力投球しろ」と言っていたら、拓朗は生きている間、もっとたくさん曲作りのために時間を使えて、充実した作曲活動ができていたかもしれない。そうしていたら、この世に未練なんて残らなかったかもしれない。

もしかして、拓朗が成仏できていないのって、私のせい？

「そんなことより、トモちゃん。そろそろ曲作り始めようよ」

「うん。準備する」

頭によぎった考えを振り払うように、ＤＡＷソフトの画面に集中する。たくさんトラックを作ったので、画面は当初よりかなりカラフルになっている。

「今日はどの楽器？」

「鉄琴の音を入れたいな。オルゴールみたいな硬めの音がいいんだけど、ある？」

「鉄琴もいくつか種類があるみたい。これはどう？」

グロッケンに設定し、ＭＩＤＩキーボードの鍵盤を押すと、キンと高い音が出た。

「いいね。伴奏完成までもう少し。ガンガン行こう！」

それから一週間後、私たちはとうとう伴奏を完成させた。

大学の前期試験をなんとか乗り越え、迎えた夏休み。今日は急遽来られなくなったスタッフの代打で、朝からバイトに励んでいた。

「お次のお客様、お待たせしました。ご注文をお伺いします」

夏休みに入ると、いつも午前や日中に勤務している主婦のスタッフがお子さんの用事で来られなくなることが増える。よって暇になった学生にとっては絶好の稼ぎ時だ。

「お会計、三百九十円でございます。お支払いの方法はいかがされますか？」

「現金でお願いできる？」

「かしこまりました」

このお客様は七十代後半くらいの穏やかな老婦人で、足が悪いのか杖をついている。

小銭入れを漁る手もおぼつかない。

「時間かかっちゃってごめんなさいね」

「ゆっくりで大丈夫ですよ」

そう告げた瞬間、婦人が「あっ」と小さく声をあげた。直後、チャリンと音が鳴る。

握った小銭の一部を落としてしまったようだ。

「やだ、私ったら。ごめんなさいね」

「大丈夫です。お任せください」

私は素早くカウンターを出て、落ちた小銭をすべて拾い集め、丁寧に婦人の手に載せた。婦人の手には百円玉が四枚。

「四百円、お預かりしてよろしいですか？」

「ええ。お願いします」

「お釣りとレシートをお出ししますね」

レジに戻り、テキパキと会計作業を済ませる。ドリンクとフードはすでに店長が席に運ぶべく準備をしていた。

「十円のお返しです。お食事は席にお持ちしますので、お座りになってお待ちくださ い」

婦人はお釣りとレシートをしっかりと受け取り、「うふふ」と微笑んだ。

「ありがとう。あなた、とても綺麗だし笑顔が素敵ね」

「へっ……？　あ、ありがとうございます」

不意に褒められ、驚いて変な声が出てしまった。そんな私に婦人はふたたび「うふふ」と微笑む。

「お仕事、頑張って」

嬉しさはもちろん、おもはゆい気持ちやありがたさが込み上げて、目の奥からじわりと涙がこみ上げる。お客様の前で涙を流すわけにはいかない。何度か瞬き(まばた)をしてこらえ、とびきりの笑顔を婦人に向けた。

「はい、頑張ります！　ごゆっくりお過ごしくださいませ」

六月に男性のお客様に怒鳴られた時の記憶はまだ鮮明に残っている。でも、あの時胸にこびりついたモヤモヤが、今の笑顔と言葉で全部綺麗に吹き飛んだ。

この店で働いていてよかった。

私は清々しい気持ちで背筋を伸ばし、次のお客様に臨む。

「いらっしゃいませ。ご注文をお伺いします」


「季村さん、お疲れ様。今日は急にお願いしちゃってごめんね」

バイト上がり、ホールにいた店長がわざわざ声をかけに来てくれた。

「いえいえ。私も何度も急なお休みを頂きましたし」

悪霊騒ぎの時は私の代わりが見つからない日もあって、他店からヘルプまで頼んだと聞いている。ここ二ヶ月は迷惑をかけてばかりで本当に申し訳なかった。だからこそ、こういう時には進んで埋め合わせしていきたい。

「それにしても、今日は荷物が大きいね。珍しい」

「あ、はい。これからちょっと大学で、パソコンを使う予定があるんです」

普段バイトの時は、小さなバッグに財布とスマートフォン、そして制服のエプロンだけを入れて来るのだけれど、今日はリュックにパソコンやコンデンサーマイクを詰めている。これから歌のレコーディングを行うのだ。

「夏休みなのに大変だね。頑張って」

「ありがとうございます。それではお先に失礼します。お疲れ様でした」

当初は防音スタジオを借りてレコーディングしようと思っていた。けれど一時間で五千円近くすると知って驚愕した。学生には高すぎる。

そのことを水野くんに愚痴ったところ、我らが大学のキャンパス内には防音の器楽室が十部屋ほどあって、うちの学生なら無料で借りられることを教えてくれた。

「器楽室？　そんなのあったんだ。二年半も在籍しといて全然知らなかった」

「うちの学部棟の近くだから、楽器を持って出入りする人をよく見るよ」

そう言われてみれば、キャンパス内では楽器を持っている学生をちらほら見かける。どこか外で練習しているのだろうと勝手に思っていたけれど、キャンパス内に練習場所があったようだ。うちのキャンパスは無駄に広いし、入ったことのない棟や利用したことのない施設も多い。存在すら知らない施設が、きっと他にもあるのだろう。

私は迷いなく器楽室を利用することにした。水野くんの情報に感謝だ。

炎天下を十分ほど歩き、大学へ。夏休みに入ったこともあって、キャンパス内は普段よりずっと人が少ない。蟬の鳴き声が雑踏のないキャンパスによく響く。

事務局で施設利用の手続きをして、地図を頼りに器楽室のある建物へ。毎日通っているキャンパスなのに、歩き慣れないエリアは新鮮だ。

器楽室はアップライトピアノと作業台がひとつあるだけの狭い防音室だった。扉を閉めると蟬の声が聞こえなくなり、しんと静かになる。

窓がないため日は当たらないのだが、暑い。エアコンのスイッチを入れ、パソコン、マイク、ヘッドフォン、歌詞をプリントアウトした紙を出しながら部屋が冷えるのを待つ。スマートフォンをサイレントモードにするのも忘れずに。

「あ、あ、あ――――」

試しに大きく発した声が、クリアに自分の耳に入る。まったく反響しない。さすがは防音室だ。

「私、上手に歌えるかなぁ……」

カラオケで褒められる程度の歌唱力。自分の歌を録音した経験もない。

拓朗は「トモちゃんは俺と違って声も綺麗だし、歌も上手いし、楽勝でしょ。ガンガン美声を発揮してよ！」と調子のいいことを言っていたけれど、地味にプレッシャーだ。本当なら拓朗にもレコーディングに付き合ってもらいたかったのだが、昼間に声は聞こえないし、姿も見えない。でもきっと、今も近くで見守ってくれているはずだ。

エアコンが効いてきた。送風音が入ってしまうので、レコーディング中はオフにしなければならない。DAWソフトが立ち上がり、マイクの接続も完了した。試しに「あー」と録音して、ちゃんと作動していることを確認する。

アップライトピアノのふたを開き、弾き慣れたメロディーを奏で、発声練習がてら出だしを歌ってみる。喉の調子は悪くなさそうだ。あとは私の歌唱力次第。

「二時間しかないんだし、ガンガンやるしかないか」

私は覚悟を決め、ヘッドフォンを装着した。エアコンを消して、DAWソフトの録音ボタンを押す。間もなく前奏が流れはじめた。大きく息を吸い、マイクに向かって持てる歌唱力のすべてを注ぐ。

1番のAメロは囁(ささや)くように。Bメロは高低差があるので丁寧に。サビは歌詞に合わせて優しく、しかしながら盛り上がりも演出する。2番は1番よりハキハキと。声量を上げ、ビブラートもしっかりかける。単調にならないよう緩急や強弱を意識して、自分の出しやすい音程ばかりに頼らないよう力の入れ方を調整する。

「ありがとう　そしてさよなら　いつか胸を張って会える日まで」

歌いきった。こんなに真剣に歌ったのは生まれて初めてだ。

録音を止め、緊張を解放するように深く息を吐く。ＤＡＷソフトには私の歌に合わせて波形が刻まれている。

ドキドキしながらカーソルを曲の冒頭に戻し、再生。前奏に次いで私の歌が流れる。

すべて聴くまでもなく、絶望した。想像以上に下手だったからだ。

「ダメだ……こんなの人に聴かせられない……」

まず気になったのは声質だ。どうやら高音になると発声に変な癖が出るようで、聴き苦しいところがいくつもある。音を外している箇所もあるし、丁寧に歌ったつもりのところは滑らかさがなく、優しい雰囲気を台無しにしている。

人に聴かせるための歌唱は、だいたいの音程が合っているだけではダメなのだと、自分の歌声を録音して初めてわかった。

「プロの歌手って、やっぱすごく上手いんだなぁ。尊敬する」

生放送やライブ映像を見ても、プロは滅多に音を外さないし、表現の幅が豊かだ。癖があってもそれを表現や個性にできる技量がある。ちょっとカラオケが上手いだけの私なんかが、そのレベルで歌えるわけがなかった。

伴奏が完成して曲作りを終えたような気になっていたけれど、とんでもなかった。最後の最後にとんでもない難関が待ち受けていた。

「歌、練習しとけばよかった……」

後悔しても遅い。それでも私が歌って曲を完成させなければならない。

今できるベストを尽くそう。何度も録音して、上手く歌えたところを切り貼りすればなんとかなるはずだ。嫌な癖が出るところは、そこだけ集中的に歌って改善していこう。

「よし。やるぞ！」

ペットボトルの水で喉を潤し、ふたたびマイクに向かう。

それから二時間、私は何度も何度も歌い続けた。

レコーディングを終えてからは、歌の切り貼り作業に没頭した。これがまた非常に難しい。どれも私ひとりで歌っているのに、録音ごとに声質の微妙な違いがあって、ただ上手く歌えているパーツを組み合わせただけでは、通しで聴いた時にものすごく不自然になってしまうのだ。

分割したトラックの繋ぎ目の音量を合わせたり、息継ぎのタイミングを考慮したり、ほどよくエコーをかけたり。自分なりにさまざまな工夫を凝らして、歌のパートを完成させられたのは、結局レコーディングから二日後。それから歌や楽器ごとに音量やエフェクトを調整し、曲全体のバランスを整えるミキシングという作業に入った。

何度も繰り返し曲を聴いて、少しいじってはまた聴いて……とやっていると、数時間があっという間に過ぎていく。昼間に私が作業をして、深夜に拓朗に聴いてもらい、意見を聞いてまた調整する。こだわりだせばキリのないこの作業は、バイトと睡眠以外の時間をすべて注いでも、三日三晩かかった。

そして八月八日、午前二時三十分。ついにこの瞬間が訪れる。

「やった……！　俺の曲が完成した！」

曲作りを始めて三ヶ月。拓朗の生きた証(あかし)であり、私たちの努力と友情の結晶とも呼ぶべき曲が完成した。深い安堵と大きな達成感で、あやうく私も叫んでしまいそうだった。

「おめでとう、タク。やっと慧瑚さんに聴いてもらえるね」

「うん。トモちゃん、ほんとにありがとう」

プロが作ったものと比べると拙(つたな)いけれど、我ながらいい感じに仕上がったと思う。途中で何度も挫(くじ)けそうになったし、自分の歌を聴いた時は絶望したけれど、諦めずに作業を続けた甲斐があった。完成させられたことがすごく嬉しいし、誇らしい。

「タク。タイトルは決めた？」

「うん、決めたよ」

拓朗が私の横に正座する。私はパソコンのカーソルをファイル名に合わせ、仮のファイル名として入力されているmixdownの文字を消した。

「タイトルは、カタカナで〝ステラ〟にしようと思うんだ」

ステラ。星、星の光という意味で、外国では女性の名前にもよく使われる言葉だ。

慧瑚さんを金星になぞらえた歌詞にもマッチしている。

「慧瑚さんが俺の希望の星になってくれたこと、そして俺自身がこれから成仏、つまり星になることをかけたタイトルなんだけど……どうかな？」

「うん、すごくいいと思う」

ファイル名に〝ステラ〟と打ち込み、エクスポートをクリック。プログレスバーが表示され、数分かけてファイルが完成した。

ドキドキしながらそれをダブルクリックする。パソコンの音楽プレーヤーが起動し、間もなく曲が流れはじめる。

本当に完成したんだ。私、拓朗の想いを形にできたんだ。

あえて言葉にはしないけれど、私は間違いなく、この曲作りを、これまでの人生の中でいちばん頑張った。

味わったことのない温かい感動が胸に溢れてくる。誰かのためになにかをやり遂げることが、こんなにも嬉しいものだとは知らなかった。

「慧瑚さん、きっと気に入ってくれるよ」

「うん。そうだといいな」

拓朗の気持ちが詰まったこの優しい曲を、早く慧瑚さんに聴いてもらいたい。慧瑚さんが喜ぶ顔を、拓朗に見せてあげたい。

ふと空が見たくなって窓を開けた。エアコンで冷えた空気の中に、温かい外気と幹線道路から届く喧騒(けんそう)がもわっと入ってくる。

今夜の相模原は快晴だ。空にはいくつも星が瞬き、南東の方角には下弦の月と木星が煌々(こうこう)と輝いている。星は広い宇宙に何億、何兆と存在していて、肉眼で見える星はごく一部だ。もし拓朗が星になるなら、肉眼で見える星に……なんて贅沢は言わないので、有名な一等星の近くの星になってほしい。そうなれば、その一等星を目印に、拓朗を想うことができる。

「そういえばトモちゃん、慧瑚さんとは……」

「ねぇ、タク。曲は完成したし、今夜はタクが消えるまでおしゃべりでもしようよ」

私は拓朗の言葉を遮って早口で提案した。慧瑚さんの名は聞こえないふりをする。

「あ、うん。いいね。なに話す？」

「せっかく星が見えてるし、小学校で星の観測会に参加した思い出とか？」

あれは小学校三年生の夏だった。夏の大三角やさそり座の観測も楽しかったけれど、そのあとの肝試しの方が盛り上がった。

「えーっと、それって俺も参加したっけ？」

温かかったはずの胸が一気に凍りつく。あの肝試しでクラスを盛り上げたのは、クラスで最もビビりだった拓朗の悲鳴だったのに。中学生になってもみんなにそれをからかわれて、長らく根に持っていたのに。

私たちの思い出が、またひとつ忘れられてしまった。

私は胸の痛みを悟られないよう、意識的に自然な笑顔を作る。

「タクは参加してなかったかも。じゃあ、修学旅行で宮崎に行った時の話はどう？」

「ああ、小六の時の！　高千穂(たかちほ)牧場のソフトクリーム、美味しかったなぁ」

窓を閉めると曲がよく聴こえるようになる。

ステラはちょうど、サビに入ったところだった。

夜が明け、午後。私は改めて慧瑚さんに連絡をすることにした。

拓朗にはあえて話さないようにしていたが、実は慧瑚さんと会うためのやりとりは難航していた。

【亡くなった拓朗から藤原さんにメッセージを預かっています。直接お伝えしたいので、一度会っていただけませんでしょうか】

連絡先を教えてもらってすぐ、このようなメッセージを送ったところ、断られたのだ。

【拓朗くんのことは覚えています。だけど特に親しかったわけではないし、いくらあなたが女性だといっても、知らない人とそういった形で会うのは避けたいのが本音です。メッセージがあるなら、ここに書いてもらうわけにはいきませんか?】

最初のメッセージで丁寧に自己紹介したとはいえ、慧瑚さんにとって私は見ず知らずの人間だ。若くて綺麗な女性だし、警戒するのも無理はない。

けれど諦めるわけにはいかないので、私は粘った。

【すみません。ここには書けません。拓朗の意思なので、直接聞いてほしいんです。たった十分でもいいんです。どなたかとご一緒でも構いません。お時間を頂けませんか?】

拓朗の意思というのは半分嘘だ。感謝を伝えるために曲を聴いてもらうだけなら、データを送るという形を取ることもできる。でも、拓朗を慧瑚さんに会わせてあげたいから、直接顔を合わせることにこだわりたかった。

慧瑚さんが返信をくれるのは、おおむね一日に一回、多くて二回。八月に入ってからは返信がないこともあった。

しかし曲が完成したので、【お盆の前に、なんとかお願いします】とダメ押しのメッセージを送信した。すると数時間後、返信が来た。

【明日の私の仕事終わりでよければ、三十分だけ時間を取ります。ただ、夏季休暇前で残業の可能性があるので、お待たせしてしまうかもしれません。それでも大丈夫ですか？】

慧瑚さんが私に根負けした形だが、了承してもらえて心底ホッとした。やっと拓朗に「慧瑚さんに会えるよ」と言うことができる。

【構いません。何時間でも待ちます！　ありがとうございます！】

我ながらしつこく追った自覚がある。ブロックされなかっただけでもありがたい。

【できるだけ早く行けるように努めます。ここのところ猛暑が続いていますので、無理はなさらないでくださいね】

私を気遣う言葉までくれるなんて、優しいな。まだメッセージをやりとりしただけだけれど、慧瑚さんが素敵な人であることがうかがえる。会うのが楽しみだ。

丑三つ時。慧瑚さんと会う約束ができたことを報告すると、拓朗は白シャツの胸のあたりをくしゃりと鷲掴(わしづか)みにした。

「ヤバい。どうしよう。ドキドキしてきた」

「え、幽霊もドキドキするの？」

「心臓は止まってるけど、ドキドキする感覚があるよ」

「へぇ。不思議だね」

拓朗にはもう肉体がない。だからもちろん心臓もない。幽霊として姿が見えているのは、拓朗が生前の自分の姿を覚えていて、かつその姿を見せようという意思と、それに足る力があるからだと絹川先生に教わった。

「明日慧瑚さんに会うってことは、トモちゃんに会えるのは今夜が最後かもしれないってことだよね」

小さく告げられた拓朗の言葉に、私は息を呑んだ。

慧瑚さんに曲を届けたら、拓朗はその場で成仏するかもしれない。

思わず固まってしまった私に、拓朗はヘラッと笑う。

「今日もゆっくりおしゃべりしようよ。俺、今日はコーラよりあったかいコーヒーが飲みたいな」

「わかった。一緒に飲もう。お湯沸かすね」

ケトルを火にかけ、ドリップバッグを開封する。この瞬間に立ち込める香ばしい香りが好きだ。沸騰直前に火を止め、蓋を開けて少し湯の温度を下げてからドリップするのが美味しく淹れるコツ。雑味が少なく、コクが深まる。

砂糖とミルクを入れたふたつのカップを持ち、部屋に戻る。拓朗の前にカップを置き、私もいつもの場所に腰を下ろした。

「コーヒーは久しぶりだ。いただきます」

拓朗はカップに顔を近づけ、「いい香り」と呟いた。拓朗が近づいても、湯気が乱れることはない。

今夜が最後。気になっていることを聞くなら、もう今夜しかない。

「あのさ、タク。聞きたいことがあるんだけど」

「なに？　改まって」

拓朗は話したくないかもしれない。でも、このまま理由を知らずに拓朗を空へ見送れば、きっと一生後悔する。

そう思って、私は息を深く吸った。

「病気のこと、どうして私に話してくれなかったの？」

三歳から高校卒業までずっと一緒に育ってきて、家族に話せないことだってお互いにならなら打ち明けられた。それなのに、大学に入って少し離れた途端、こんなにも大事なことを秘密にするなんて、水くさいにもほどがある。

それでもきっと複雑な心境があるのだろうと思って、心境を察して受け入れなくちゃと思って、ずっと気にしていないふりをしていた。

けれど本当は、心底腹立たしかった。悔しかった。悲しかった。

私の家族——両親や哲哉は当然のように知っていたのに、どうして私だけ。

拓朗はしばらく気まずそうに黙って、小さく「ごめん」と謝った。やはり話したくなさそうだけれど、私は目を逸らさない。

しばらく見つめ続けると、拓朗は諦めたように口を開いた。

「俺、〝仕掛け人〟のつもりだったんだ」

「仕掛け人？　意味がわからないんだけど」

拓朗は「だよね」と力なく笑い、続ける。

「白血病の治療ってさ、結構しんどいんだよ。無菌室では口内炎が大量にできて、飯を口に入れるだけで痛かった。薬の副作用が病気の症状よりずっとつらくて、治療をやめたいって思うことが何度もあった。一日のほとんどの時間をベッドの上で過ごすから、腕も脚もどんどん細くなった。顔もコケて、髪がたくさん抜けて禿げ散らかした。貧血状態だから顔色だっていつも悪い。鏡を見ると、自分の姿があまりに不気味で、もうすでにこの世のものではなくなってる気がした。変な話、幽霊になった今の方がよっぽど健康的だ」

「そんなにつらかったんだ……」

凄絶な闘病生活だ。白血病の治療については、拓朗の死をきっかけに経験者のブログ記事をいくつも読んだけれど、拓朗の口から聞くと、そのどれよりも生々しく感じられる。

そんな苦痛を伴う治療に耐えても病気が治らないなんて、こんな不条理があっていいのだろうか。拓朗のような善良な人間が助からなかったのに、悪人がのうのうと健康に暮らしているのが許せない。

「うん。だから、〝早く病気を治して、これをしたい〟っていうモチベーションが欲しくなってさ」

つらいなら、どうして私に弱音を吐いてくれなかったの。苦しみを和らげることはできないけれど、元気づけることくらいはできたかもしれないのに。

そう言いたくなったけれど、こらえる。拓朗を責めたいわけではない。

「タクはどんなことをモチベーションにしたの？」

「トモちゃんに、ドッキリを仕掛けること」

「は？　ドッキリ？　だから仕掛け人？」

またしても突飛な言葉が出てきて、私は目をパチクリさせる。拓朗は笑って頷いた。

「〝元気にやってます〟というふりをして〝実は病気してました〟というドッキリ」

ドッキリなら、ふつうは逆だ。〝大病を患いました〟というふりをして心配を誘い、〝実は元気でした〟とバラして安堵させるのがセオリーであるはず。

「あんた、バカなの？　オチが〝病気してました〟だと、全然笑えないんだけど」

「俺のシナリオでは、もうひとつオチがあって、〝でも治ったので今は元気です〟までがセットだった。絶対に病気を克服して、トモちゃんに笑ってネタバラシしてやるんだって。びっくりさせてやるぞって。そのために今日の治療も頑張るんだって。そう思って毎日を乗り越えてた」

しかし拓朗のドッキリはシナリオ通りにはならなかった。仕掛け人である自分が途中で死んでしまって、笑えないオチを迎えることになった。

「俺のドッキリ作戦、大失敗」

拓朗が「はは」と弱々しい笑いを漏らす。私も笑ってあげたいけれど、頬が重い。

「私、全然力になってないじゃん。もっとタクの治療の役に立ちたかった」

「そんなことないよ。俺が死ぬまでターゲットでいてくれて、本当にありがとう。でも、トモちゃんにだけ秘密にしててごめん」

「……うん」

ずっと知りたかったことを知ることができたのに、全然スッキリしない。自分が役に立っていたなんて、到底思えない。だって、結局治療はうまくいかなかった。

生きている拓朗に最後に会った日、病気はすでに発症していたはずだ。私が拓朗の体調の変化に気づいていれば、病気をもっと早期に発見できたかもしれない。私が拓朗の様子をもっと気にかけていたら、死ぬことはなかったかもしれない。

拓朗の死を知ってから、何度そう考えたことだろう。私は本当に無力だ。

「そんなことより、もっと楽しい話をしようよ。最後なんだし」

「そうだね。なに話そっか」

その後、拓朗は三時前に話の途中でふっと消えてしまった。

カップには温くなったコーヒーが半分以上残っている。

もう会えないかもしれない。けれど、悲しんじゃいけない。

成仏は自然の摂理であり、霊にとって幸せなことなのだから。

9

深夜に摂取したカフェインのせいか、それとも緊張のせいか、外が明るくなってもなかなか寝つけなかった。

なんとか眠ってアラームで目覚めたのは午前十時五十分。本日八月九日は長崎の平和の日だ。出身県民として、原爆の投下時刻である十一時二分に黙禱を捧げた。

カーテンを開くと、外はピッカピカに晴れている。

「今日も暑そう……」

シャワーで寝汗を流し、ゆっくり身支度などをして、予定通りの時間に淵野辺駅から電車に乗った。東神奈川で横浜線から京浜東北線に乗り換え、浜松町で下車。乗り換えは一回だが、乗車時間は長い。

浜松町は大都会と表現するにふさわしいビル街で、建物と建物の間に東京タワーが見える。行き交う人々はビジネスパーソンらしき男女が多く、たった今すれ違った男性は電話で流暢(りゅうちょう)に英語を話していた。

慧瑚さんもこの街で働く社会人だ。きっと仕事ができる人なのだろうなと、また少し想像が膨らむ。

待ち合わせの場所は、駅からすぐのビルに入っている、私がバイトをしているのとは違うカフェチェーンだ。迷うことを見越して少し早めに駅に到着したのだけれど、店は駅の目と鼻の先にあり、すぐ見つけられた。慧瑚さんが私のために、わかりやすい場所を指定してくれたのだろう。

午後五時まであと十五分。店に入り、コーヒーを飲みながら慧瑚さんからの連絡を待つことにした。

慧瑚さんから退勤の連絡が入ったのは、午後六時を少し回った頃。

【お待たせしました。これから向かいます】の文字に、緊張が一気に高まる。

「タク、もうすぐ来るよ」

周囲に聞こえない小さな声で呟く。姿は見えないし声も聞こえないけれど、拓朗はそばにいるはずだ。

それから十分後、ただならぬオーラを放つ美女が店に入ってきた。慧瑚さんだと、ひと目でわかった。

「あのっ……！」

立ち上がり、声をかける。彼女は私に気づき、まっすぐこちらに歩いてきた。

陶器のように滑らかな肌。大きくて印象的な目元。都会的で洗練された衣類。膝丈のタイトスカートから覗く脚はモデルのように細く長い。手には世界的に有名なハイブランドのバッグ。コツコツとパンプスのヒールが鳴るごとに、艶のある黒のウェーブヘアが揺れる。

Instagramに投稿された画像のままの慧瑚さんが目の前にいる。投稿画像には多少の加工がされているかもしれないと思っていたけれど、どうやら無加工だったようだ。むしろ、画像より生で見る方が素敵に見える。

「あなたが季村さん？　拓朗くんの、幼馴染みの」

「は、はい！　季村都萌実です。本日はお忙しい中、私たちのためにお時間をくださってありがとうございます」

深々と頭を下げる。慧瑚さんは小さく「いえ」と言いながら、ドリンクは注文せず正面の席に腰を下ろした。ふわっと上品な香水の香りが漂ってくる。

「藤原慧瑚です。申し訳ないんだけど、あまり時間は取れないので、手短にお願いしてもいいですか？」

「はい！　でも、お飲み物だけでも飲まれませんか？　もちろん私が出しますので」

「いいえ、結構です。それより早く、お話を」

急かされて、私は慌てて座り直した。スマートフォンを操作し、いつでもステラを再生できる状態にして、改めて慧瑚さんと向かい合う。

「ＤＭでも伝えた通りですが、拓朗は四月の終わりに病気で亡くなりました」

「そのことについては、驚きました。お悔やみを申し上げます」

慧瑚さんは形のいい眉を寄せ、追悼の意を込めて頭を下げた。

「ありがとうございます。それで、ですね。手短にということなので早速なんですけど、まずはこの曲を聴いてもらいたいんです」

イヤフォンを差し出すと、彼女は不思議そうに首を傾げた。

「曲？」

「はい。イヤフォンは綺麗に掃除しましたので、ご心配なく」

慧瑚さんはネイルアートが施された手で遠慮がちにイヤフォンを受け取り、左右を確認して耳に着ける。ダイヤのピアスがキラリと輝いた。いよいよだ。

「再生しますね」

そう告げ、再生ボタンをタップする。シークバーが時間を刻みはじめる。

闘病中の拓朗が感謝と憧れの気持ちを込めて作った、大切な一曲。ついに慧瑚さんに聴いてもらうことができる。

私たちはこの三ヶ月、この時のために頑張ってきた。今、努力が実を結ぼうとしている。

ありがとう　そしてさよなら　いつか胸を張って会える日まで

この歌詞に表れているように、生前の拓朗は己が未熟であることを自覚していた。そして彼女に釣り合う自信を持てぬまま亡くなってしまった。でもいつか生まれ変わったら、その時は、彼女に釣り合う立派な人間になっていたい。

そんな拓朗の想いが伝わりますように。

私は両手を組み、祈るような気持ちで慧瑚さんを見つめる。再生して一分半ほど経過している。1番が終わり、2番が始まったところだろう。

　ふと、慧瑚さんがイヤフォンを耳から外した。まだ途中なのに、なぜ？

「この曲は？」

「拓朗が闘病中に作った歌――これが預かっていたメッセージです。亡くなってしまったので、演奏して歌っているのは私ですが」

「あなたも拓朗くんみたいに、作曲をするんですか？」

「いいえ、私はまったくの素人です。拓朗は、あなたに自分の曲を褒めてもらえたことを心から感謝していました。それを伝えたくて作った歌だから、どうしてもあなたに聴いてもらいたくて、一から勉強して作ったんです」

　だから最後までちゃんと聴いてほしい。

　すべての言葉を、音を、味わってほしい。

「気持ち悪っ……」

　小さな声だったけれど、彼女の口から出た言葉がはっきりと私の耳に届いた。

「え？」

　慧瑚さんは「しまった」という顔で口元を押さえた。

　気持ち悪って、なに？　どういうこと？

「いや……その……、ごめんなさい。使う言葉を間違えました」

「気持ち悪いって、どういう意味ですか？」

私の声が低く震えた。混乱で頭が沸騰しそうだ。

慧瑚さんは眉間にシワを寄せ、ふうと息をついた。

「拓朗くんのことは、覚えてはいます。彼が作った曲を褒めたことも、なんとなく覚えています。でもそれは、本心じゃなかったっていうか」

「本心じゃ、なかった……？」

慧瑚さんはショックに固まる私を見据え、ばつが悪そうに語る。

「拓朗くん、頑固に自分のオリジナル曲をゴリ押しするから、軽音サークル内で煙たがられていて、雰囲気を悪くしていたんです。完全に厄介者って扱いでした。他のメンバーにあまりに悪く言われているものだから、私、不憫に思えちゃって。かわいそうだなって気持ちと、彼の悪口ばかり飛び交うその場を和やかにしたいという気持ちで、『私はいいと思うけどな』みたいなことを言ったような気がします。それがまさか、こんなことになるなんて思ってもみなかった」

不憫？　かわいそう？　こんなこと？

私はいったいなにを聞かされているのだろう。

「拓朗くんが私の言葉に感謝してくれたというのは受け入れられるし、病気で亡くなったことはお気の毒だと思います。でも、顔見知り程度で友人と呼べる間柄ですらないのに『あなたのために曲を作りました』なんてことになるのは……ふつうに考えて、気持ち悪いと思いません？　生きている人ならまだしも、亡くなった人だから……なんか、怖いし」

慧瑚さんはそう言って、私のイヤフォンをテーブルに置いた。もう続きを聴く気はないようだ。

拓朗の曲を褒めてくれた慧瑚さんなら、きっとステラを気に入ってくれると思っていた。拓朗の想いを受け取って、「ありがとう」と微笑んでくれると信じていた。

それなのに、まさか「気持ち悪い」と言われるなんて。

胸が痛い。悲しみと怒りで腹の底が震えだす。

そりゃあ、慧瑚さんの言うことはもっともかもしれない。拓朗は完全なる片想い。友人ですらない。そんな人から突然「曲を作りました」なんて言われたら驚くだろう。

それでも、これは拓朗が真心を込めて命懸けで作った曲なのだ。

「……一方的な想いを押し付けてしまってすみませんでした。でも、曲はいいと思いませんか？」

感情を押し殺し、縋るように尋ねた。せめてこれを肯定してくれたら、私たちの頑張りは報われる。

慧瑚さんは困ったように眉を寄せ、少しだけ口角を上げた。

「うーん……正直に言わせてもらうと……まあ、可もなく不可もなく……」

「そんな。もう一度、ちゃんと最後まで聴いてみてください。そしたらきっと——」

いい曲だって、わかってもらえるから。

私がふたたびイヤフォンを差し出すと、慧瑚さんは心底嫌そうに体を引いた。

「だから、そういう押し付けがましいのがキモいんだってば！」

彼女の拒絶する早口が店に響いた。周囲の視線が私たちに刺さる。

それに気づいた慧瑚さんは、周りの人たちに「すみません」と謝って、開き直ったように私を睨みつけた。まつげエクステで縁取られた大きな目が、私をいすくめる。

「もう勘弁してくれない？　あなた、拓朗くんとはただの幼馴染みなんだよね？　亡くなったからってここまでする？　ああ、あなたは彼が好きだったとか？」

慧瑚さんはそう言って、私を鼻で笑った。

腹の底の震えが止まらない。食いしばっている歯がゴリッと鳴った。

なにも答えない私に、彼女はさらに追い討ちをかける。

「それなのに、わざわざ私のための曲を作るなんて、健気だね」

憐れむように告げられて、私の心の中でなにかが弾けた。

拓朗のために大人の対応をしたかったけれど、もう無理だ。

「……好きですよ。大好きですよ。あたりまえでしょう？　三歳の頃から高校を卒業するまで、ずっと一緒だったんです。弟のように大切な存在なんです。この歌は、タクが症状と治療で苦しい中、命を削って一生懸命作ったんです。あなたに救われたことへの感謝を伝えるために、一音一音、一言一句、大切に作ったんです。素人が作ったものだから、たしかにクオリティは高くないかもしれません。でも私たちにとっては、最初で最後の最高傑作なんですよ。だってタクは、本当に、心から、あなたに感謝していたんですから……！」

感情と言葉が爆発した。まくし立てている間に涙は出るし、他のお客さんたちからは迷惑そうに見られている。それでも吐き出すのを止められなかった。

「怖すぎ。来るんじゃなかった」

慧瑚さんは侮蔑するように言い捨て、逃げるように店を出ていった。

「ごめん……ごめん、タク……」

この一部始終を、拓朗は見ていたはずだ。今、どんな顔をしているだろう。どんな気持ちでいるだろう。この曲をもっと上手に届けたかった。彼女から喜びの言葉を引き出したかった。それができなくて申し訳ない。

涙と震えが止まらない。私の周りから、ひとり、またひとりとお客さんがいなくなっていく。迷惑をかけてしまって、お店にも申し訳ない。

みっともなくて恥ずかしい。このまま消えてしまいたい。

いくらそう願っても、私は生きている人間だ。幽霊のように姿を消すことはできない。

ひとしきり涙を流し、店を出た。店員さんたちには「すみませんでした」と謝っておいた。私も同業者なので、店内で泣いたり叫んだりする客がいる時の面倒くさい気持ちはわかる。

すっかり日が暮れて外は暗いが、蒸し暑い。肌にまとわりつくような湿気が不快だ。人が多くて歩きにくい。空気も悪い。この場のなにもかもが嫌に感じられる。けれどビルの奥に赤く光る東京タワーだけは、やけに美しく見えた。

相模原の自宅に戻ってすぐ、心配した水野くんが私の部屋に来てくれた。

「なんなのあの女！　信じられない！　心がないの？」

号泣しながら暴言を吐きジタバタ暴れる私を、彼が抱きしめ……というより羽交い締めにして宥める。

「都萌実。落ち着けって。怪我するぞ」

こんなにも許せない気持ちになったのは初めてだ。枕やクッションに怒りをぶつけ、彼の胸で泣き喚く。

「そりゃあ、私の歌や演奏は下手かもしれないけどさぁ。ステラは絶対にいい曲だもん！」

「うん。俺もいい曲だと思うよ」

「そうだよねぇ？　それなのにさぁ、なんなのほんと！」

慧瑚さんはあのあとすぐに私をブロックしたようで、二度と連絡が取れない。私のアカウントでは、彼女の投稿を見ることすらできない。

水野くんのアカウントを使って見てみると、新しく東京タワーの写真が投稿されていて、こんなコメントが添えられていた。

今日はすごく怖い体験をしました。

よく知らない人に呼び出されても応じちゃダメだね。

みんなも気をつけて！

#東京タワー　#恐怖体験　#DM怖い

「悔しい……ムカつく……」

「ほら、拳の力抜いて深呼吸しろ」

すー、はー、と彼に合わせて息を吸い、吐く。しかし、拳の力は抜けない。

拓朗は私以上に傷ついているはずだ。慧瑚さんにあんなことを言われて成仏なんかできるわけがない。

そうだ。私が今すべきことは、拓朗の気持ちを受け止めて慰めることだ。怒って暴れている場合じゃない。たくさんお供え物をして、愚痴でもなんでも全部聞こう。一緒に泣いて、励まし合おう。

そう決心して、コンビニでたくさんお供え物を買い込み拓朗を待った。

けれど丑三つ時になっても、拓朗は現れなかった。

それから五日が経った。

毎日丑三つ時まで起きて待っているが、拓朗は一度も現れない。

まさか、曲を作って届けるという目標を達成したから、もう成仏したのだろうか。

慧瑚さんの辛辣(しんらつ)な言葉を最後に空へ行ってしまったのだとしたら、切なくてやりきれない。

世間はお盆、亡くなった人の霊がこの世に帰ってくる時期だ。もし拓朗がすでに成仏していたとしても、今なら帰って来られるのではと期待して、夜更かしを続けている。

私が慧瑚さんにもっとうまく話せていたら、あるいは直接会って曲を聴いてもらうことにこだわらなければ、拓朗に気持ち悪いなんて言葉を聞かせることはなかった。うまく振る舞えなかったことを謝ることも叶わず、日々後悔や罪悪感が膨らむ。もし今私が死んだら、それが未練になって幽霊になってしまうだろう。

慧瑚さんのアカウントは、今でも毎日チェックしている。私のアカウントはブロックされてしまったので、慧瑚さんの動向をチェックするだけのためにサブアカウントを取得した。我ながら気持ち悪い粘着ぶりだ。

私たちのことを【怖い体験をした】と書いた投稿には、【大変だったね】と彼女に同情するコメントがたくさんついている。

【なにがあったの？】

【知らない女の子にオリジナルソングをプレゼントされた】

【うわぁ。なんだかキモいし怖いね】

という会話もあった。拓朗や私をバカにされているみたいで頭に来る。

投稿によると、慧瑚さんは現在彼氏と旅行中のようだ。サムネイルは美しい景色や美味しそうな料理の写真で溢れている。その少し下に、彼女の綺麗な顔がアップで載った投稿がある。高級そうな化粧品を頬に添わせた自撮り写真だ。

最近大きなストレスを感じたからか、肌荒れ気味。

奮発してお高い美容液買っちゃいました！

効くといいな。
#高級美容液　#自分へのご褒美　#ストレスは美容の大敵
そのストレスの原因はきっと私だ。思わず【肌荒れざまぁ】と煽るようなコメントを付けたくなったけれど、さすがに我慢した。

「でもムカつく」

夏休みで大学はないし、課題もない。バイトはあるけれど、曲作りも終わっているので、とても暇になった。今しかないこの貴重で自由な時間を、慧瑚さんを憎むことにばかり使っている。

このままではいけないと思い立ち、部屋の大掃除をすることにした。拓朗がいる間は忙しくしていたから、掃除は見えるところ以外サボっていた。この機会に隅々まで綺麗にしよう。

まずは水回り。風呂掃除から始める。狭い浴室だが、壁や天井、床まで磨くと、わりといい運動になった。拓朗と再会した思い出の洗面台は、鏡の横のケースに埃が溜まりやすい。洗って綺麗にすると、新品のようにピカピカになった。

水回りの次はエアコンのフィルターを掃除機で綺麗にして、ベッドのリネン類をすべて取り替えた。棚やテレビ周りの埃を取り、床もワイパーで綺麗に磨く。エアコンはつけず窓を開けて作業しているので、もう汗だくだ。

掃除中、どうしたって目につくのは、49連のMIDIキーボード。なんとなく出しっぱなしにしておいたそれに指を滑らせる。パソコンに繋いでいないので音は鳴らない。鳴らないけれど、メロディー通りに鍵盤を押しながらステラを口ずさむ。

――気持ち悪っ。

慧瑚さんの言葉を思い出し、指が止まった。胸のあたりが嫌なモヤモヤで重くなる。

曲作りは終わった。なんとなく出しっぱなしにしていたけれど、この機械を使うことはもうないだろう。このまま置いておいても、慧瑚さんの言葉を思い出して嫌な気持ちになるだけだ。でも、機械自体はまだ新しくてピカピカだ。このまま使われないのはもったいない。

――いっそ、フリマアプリで売っちゃおうかな。

そう思い至った私は、MIDIキーボードを日当たりのいいところに運び、スマートフォンのカメラでさまざまな角度から撮影した。ロフトに保管しておいた箱を下ろし、緩衝材の発泡スチロールを付けて中へ入れる。その写真も撮影しておく。

フリマアプリを立ち上げ、写真をアップして商品の情報を入力し、買った時の半額くらいの値段を付けて出品。買い手がついたのは、それからたったの二十分後だった。

「早っ！　これ、そんなに需要あったんだ……」

購入されたので、発送をしなければならない。私は横一メートルを超える大きな箱とスマートフォンを持ち、サンダルを履いて外に出た。

箱は大きいけれどそう重くもないし、ありがたいことに持ち手が付いている。お盆でも営業している運送会社の営業所までは、歩いて五分ほどだ。

「いらっしゃいませ。お荷物の発送ですか？」

営業所に到着すると、若い女性が笑顔で迎えてくれた。所内は冷房が効いていて、荷物を担いできた体を気持ちよく冷やしてくれる。

「あ、はい。フリマアプリのやつなんですけど」

「かしこまりました。それではこちらに二次元バーコードをかざしてください」

バーコードをかざすと、送り状になるシールがプリントされる。それを待ちながら、女性は箱を少し奥のスペースへ運び、サイズを計測しはじめた。

曲が完成するまでの三ヶ月、毎日使っていたMIDIキーボード。最初は音を鳴らすことすらできなかった。あれで毎日拓朗と曲作りに奮闘しながら、笑い合ったり、励まし合ったり、時にはケンカしたりもした。ふたりで少しずつ前進して、なんとか曲が完成した時には素晴らしい達成感が味わえた。

MIDIキーボードは拓朗との最後の思い出の象徴だ。大きくて邪魔だけど、もう使わないかもしれないけれど……それが人の手に渡ってしまうと思ったら、とてつもない寂しさが込み上げてきた。

「シールは箱に直接貼ってしまって大丈夫ですか？　それとも外側をなにかで覆った方が……お客様？　大丈夫ですか？」

女性は慌てたようにそう言って、箱のティッシュを差し出してきた。急に襲ってきた寂しさに耐えられず、私は涙を流していた。

「すみません……。なんだか急に、これを手放すのが惜しくなってしまって」

ティッシュを一枚取り、涙を吸わせる。こんなところで泣いてしまって恥ずかしい。

「思い入れのあるものでしたら、無理に売ってしまう必要はないですよ。今ならまだ取引のキャンセルができます」

「でも……購入してくれた方が待ってます」

「購入した方には、誠意を持って謝罪すれば大丈夫です。きっと」

女性はそう言って、MIDIキーボードの箱を返してくれた。手元に帰ってきた途端、安堵でさらに涙が溢れる。

「はい……。すみません。ありがとうございます」

私は情けなく涙をぼろぼろ流しながら箱を抱きしめた。黒い箱は太陽の熱を吸収していて、熱いくらいに温かかった。

対応してくれた女性にお礼を述べ、箱を持って帰路についた。フリマの購入者には丁寧に謝罪をして、取引をキャンセルさせてもらった。私的な理由でのキャンセルなので、もしかしたらペナルティがあるかもしれないけれど、仕方がない。

拓朗は高校時代から作詞作曲をしていた。しかしバンドが組めなくてギターでの弾き語りでしか曲を作ったことがなかったため、他の楽器の音を入れて本格的に作り上げた歌はステラが初めてだ。初めてでこのクオリティなのだから、きっとソングライターとしての才能はあった。元気に生きてさえいれば、きっと夢を叶えられた。私はそう信じている。だから。

「このMIDIキーボード、タクのだからね」

私から、最後のプレゼント。次に使う時まで、私が預かっておいてあげる。

幽霊になってしまったから自分で操作することはできないけれど、またいつか曲作りをしたくなったら、私のところに現れて、一緒に作ればいい。

そんな日は二度と来ないのかもしれないけれど、可能性を残しておきたい。


拓朗には会えないまま、さらに五日が経った。拓朗はもう現れないのだろうか。希望もなく毎晩丑三つ時まで待つのも疲れてきた。そろそろ夜更かしをやめて、生活リズムを戻した方がいいかもしれない。

今日は久しぶりにサークルがある。夏休み中はインターンシップや自動車免許取得のための合宿、短期集中型のアルバイトなどで忙しくしている人も多いため、メンバーが集まらない。加えて体育館も取りにくいため、例年二回程度しか活動日を設けていない。

準備を終えたところでスマートフォンが震えた。水野くんからのメッセージだ。

【着いたよ】

彼らしい短い文を確認し、【今行く】と返信しながら靴を履いた。部屋を出ると、いつものところにバイクに跨る彼の姿が見えた。

「水野くん、お待たせ」

「今日も暑いな。飲み物、ちゃんと持ってる？」

「うん。今日は二リットルのボトル、持ってきた」

ヘルメットを受け取り、後ろに乗る。このバイクの乗り降りにも慣れてきた。短いメッセージでのやりとりも、あたりまえのように一緒に体育館に向かうのも、気心の知れた恋人同士っぽくて嬉しい。

だけど、水野くんとの関係が良好であるほど、拓朗に対しての罪悪感が疼く。拓朗の最後の恋を台無しにしてしまった私に、幸せな恋愛をする資格なんてあるのだろうか。

久しぶりに集まったサークルのメンバーには、真っ黒に日焼けをしている人がちらほらいた。海やプールに行ったり、野外のバイトなどに勤しんだりしたのだろう。

今日は普段より参加人数が少ないため、試合の待ち時間が短い。ひと試合終わるとすぐに次の試合に呼ばれる。暑いし休憩が短いので、ちょっとバテそう。バイトする以外あまり外に出ていなかったから、体力が落ちてしまっているようだ。

私は番号の若いチームに割り振られたため、いち早く今日の試合を終えた。幹事としてやるべき雑用もなくなって、ぼんやり他のチームの試合を眺める。

するとと突然、恵里奈が横から声をかけてきた。

「都萌実さん、ちょっといいですか」

驚いてビクッと体を震わせてしまった。今日はあえて距離を取っていたし、あっちから絡んでくることもなかったから、すっかり気を抜いていた。

「なにかな？」

恵里奈は自身のラケットを握りしめ、緊張した面持ちで告げた。

「空いてるコートで試合しませんか」

「試合？」

意外なお誘いだ。いったいなにが目的だろう。

「1ゲームマッチでいいんです。試合、してください」

正直疲れているけれど、ここで断るとまた雰囲気を悪くしてしまう気がする。

「わかった……いいよ」

私たちは空いているコートに入った。ふくらはぎが張っているが、泣き言は言わない。

恵里奈はコートの隅に落ちているシャトルをラケットでひょいと掬い、手に取った。

「サービスにします？　レシーブがいいですか？」

「どちらでも」

「じゃあ、私がサービスで。ラブオール、プレイ！」

恵里奈はそう言って、フォアハンドでロングサーブを打ってきた。

――シュパン！

ガットのテンションが感じられる小気味よい音が響き、シャトルが高く上がる。私は体を後ろに引き、左手で照準を合わせ、シャトルを打ち返した。

ダメだ、甘い。

スマッシュに近い弾道を狙ったのだけれど、体が思ったより引けておらず、打点が後ろになりすぎた。私が打ったシャトルは大きく弧を描き、恵里奈の正面へ。恵里奈はそれをバックハンドで迎え、綺麗なヘアピンが決まった。

「おお、上手い」

思わず称賛の言葉が出た。恵里奈は素っ気なく言う。

「ワン・ラブですね。次行きます」

――テン
今度はバックハンドのショートサーブだ。私に上げさせてスマッシュを打ち返す算段だろうが、そうはさせない。

私は前に出て、ネットすれすれのところにシャトルを落とした。スマッシュを打つつもりで後ろに下がっていた恵里奈は手が出せない。

「さすがですね」

「ワンオール。サービスオーバー、私」

ラケットでシャトルを拾い、ショートサービスラインまで戻る。いったん息を吐き、フォアハンドでサービスを打つ。

試合は一進一退の接戦で、白熱した。

「20ゲームポイント・19。サービスオーバー都萌実さん」

いつの間にか後輩が審判をしてくれている。あと1ポイントで私の勝ちだ。

――シュパン！

フォアハンドで打ったサーブを恵里奈が鋭いスマッシュで返してくる。私はそれを拾い、恵里奈が追撃する。ラリーが長く続く。

「あっ」

鈍い音とともに恵里奈が声をあげた。ミスショットだ。シャトルは微妙なスピンをしながらネットにかかり、そのまま彼女のコートへ落ちていった。

「ゲーム。ウォンバイ都萌実さん」

勝った……！　緊張から解放され、疲労がドッと押し寄せる。サークルでは基本的にダブルスでプレイするので、ひとりでコート全域を駆け回ったのは久々だった。

ふくらはぎはとっくに限界を迎えていたのか、ホッとした途端に痛みだす。明日は確実に筋肉痛になるだろう。

「あー！　負けたぁ〜！」

恵里奈が悔しそうに天を仰ぎ、叫ぶ。そしてスッキリしたような顔でネット際に来て、右手を差し出してきた。握手を求めている。

戸惑いつつ私が手を重ねると、恵里奈は私の手をしっかりと握った。

「都萌実さん、ありがとうございました」

「こちらこそ、ありがとう」

「それから、嫌な態度を取ってすみませんでした。嫉妬でした」

恵里奈はそう言って、深々と頭を下げる。まさか謝られるとは思っていなかったので、私は呆気に取られた。

「前に都萌実さんが言った通り、自分の思うようにいかないからって八つ当たりしてました。それがカッコ悪いことだって、気づいてはいたんです。でも悔しい気持ちが消えなくて、謝るきっかけも掴めなくて。だから今日、試合を挑んで、負けたら素直に謝ろうと決めてたんです」

「勝ったらどうするつもりだったの？」

戸惑う私に、恵里奈は困ったように笑って答える。

「もう一度水野さんにアタックして、キッパリ振られるつもりでした」

意外な回答に面食らう。恵里奈は笑顔を見せているが、無理をして笑っているのがわかる。

「恵里奈……」

ごめんと言うのも違う。当然、勝ち誇ったように見下すなんてありえない。先輩として気の利く言葉を返したいけれど、見つからない。

「もうあんな態度、取ったりしません」

「うん。そうしてくれると助かる、かな」

「本当にすみませんでした」

恵里奈はもう一度ペコリと頭を下げ、コートの外に置いていたタオルを持ってトイレの方へと走っていった。いつも恵里奈と一緒にいるふたりがいつの間にか近くに来ていて、私に一礼して彼女を追いかける。

「都萌実、お疲れ」

状況を察した水野くんが、ちょっと申し訳なさそうな顔でやってきた。

「うん、疲れちゃった。でも、やってよかった」

この試合は恵里奈が自分のしたことにけじめをつけるためのものだった。

自分が間違っていたことを認めるのは苦しい。そのうえで謝罪をするのはとても気まずい。バドミントンの試合に挑むという意外な方法ではあったけれど、自らきっかけを作って己の間違いと向き合った恵里奈に、素直に感心する。彼女はどうやって嫉妬という感情に折り合いをつけたのだろう。

私はまだ慧瑚さんを許せていない。彼女に言われたことを思い出すと腸が煮えくり返るし、あんな女は不幸のどん底に落ちてしまえとすら思っている。また慧瑚さんに会うようなことがあれば、私は恵里奈以上に嫌な態度を取るだろう。自分がエゴを押し付けてしまったことなど棚に上げて、感情任せに悪口雑言の限りを尽くすかもしれない。

サブアカウントを作ってまで彼女の動向を探っているのは、心の中で彼女を貶す材料を求めているからだ。失敗や不運があれば嘲笑ってやりたい。期待通りの反応をしてくれなかったことに対する仕返しのようなものだ。

それがカッコ悪いことだと、私も薄々気づいている。

ねぇ、タク。

私もいつか恵里奈のように、この感情に折り合いをつけることができるのかな。

拓朗の顔を思い浮かべると、じわりと涙が滲んだ。

10

「ノーペイン・ノーゲイン。痛みなくして成長なしっていうでしょ」

バイト中、テーブルの清掃をしていると、お客様の会話が聞こえてきた。

心に傷を負っている時期は、やたらと他人の言葉が耳に入ってくる。傷口に刺激物が沁みるように、心に言葉が刺さるのだ。

「でも痛いのは嫌だよ」

本当にそう。成長できるからって、自ら好き好んで傷つきにいく人はいない。私だって傷つけられたくなんかなかった。

「起こったことはもうしょうがないじゃん。つらい思いをしたんだから、せめて成長くらいしてやらないと割に合わなくない？」

えらく深い話をしているが、話の主は高校生くらいの女の子ふたり。ちらほら聞こえてきたワードから察するに、落ち込んでいる方の子は好きな男子にひどい振られ方をしたらしい。「だったらイイ女になって見返してやろうよ」と、もうひとりの子が励ましている。

イイ女と聞いて思い出される、憎たらしくも美しいあの女。「気持ち悪っ」という言葉に抉られた傷は思ったより深く、拓朗の気持ちを思うと、いまだに胸が痛くなる。

高校時代、正面切って「ウザい」と言われた時にもずいぶん落ち込んだけれど、これほどには傷つかなかった。理由に納得できたからだと思う。けれど慧瑚さんにぶつけられた言葉は、心が痛んだり荒んだりするだけで、腑に落ちない。というより、納得してたまるかという気持ちが大きい。私はまだ彼女を恨んでいたいのだと思う。

恨みや怒りの感情は、絶望や悲しみを楽にしてくれる劇薬だ。劇薬だからこそ、このまま頼り続けるわけにはいかない。頭ではわかっているけれど、私のちっぽけな器には事が大きすぎる。

それから間もなく女の子たちは店をあとにした。失恋に傷ついているあの子が早く立ち直ってくれることを祈りつつ、私は返却口に下げてくれたグラスを洗った。

今宵も丑三つ時がやってきた。拓朗が現れなくなって二週間が経ったが、私は懲りずに拓朗を待っている。

今日は朝から夕方まで働いたので、さすがに疲れた。うとうとと睡魔に抗っていると、ふと懐かしい気配を感じた。

「トモちゃん」

はっきりと声がして、途端に目が覚める。

「タク？」

急いで顔を上げる。拓朗はテーブルの向かい側に座っていた。

ただし、服が黒い。いつもはシャツもズボンも白だった。ケンカをして真っ赤になったこともあったが、黒い服を見たのは初めてだ。

「久しぶり。心配かけてごめんね」

「あんた、今までどこでなにやってたの⁉」

深夜なのに、つい大きな声を出してしまった。拓朗が「しーっ」と口元に人差し指を立てる。

「正直に話すけど、最初の一週間は悪霊やってた」

「は？　悪霊？」

だから黒くなってしまったのだろうか。拓朗の白い肌には黒い服もよく似合っているけれど、黒くなったのがいい変化であるとは考えにくい。

「慧瑚さんのこと、片想いなのはわかってたけど、さすがにこたえたよ。曲もまともに聴いてもらえなくて、すごくショックだった」

「そうだよね。あの人、ほんと人としてどうかと思う。気持ち悪いなんて、亡くなったタクに向かって言える神経がわからない」

我慢できずに文句を垂れる私を、拓朗は苦々しく笑った。

「曲を気に入ってもらえなかったことは悔しかったけど、それはもう別にいいんだ。しょせん自己満足だし。でも、俺のために一生懸命やってくれたトモちゃんまでバカにされたのは、どうしても許せなかった」

あの日の気持ちを思い出し、目の奥がツンと熱くなる。ありったけの力を込め、涙をこらえる。拓朗の前では、やっぱりしっかり者の姉でいたいのだ。

「悪霊って、なにしたの？」

悪と付くからには悪いことをしたのだろう。拓朗はイタズラっ子ではあったけれど善人だったので、霊としてどんな悪さをしたのか想像がつかない。

「仕返しがしたくて、慧瑚さんに憑きまとってた。といってもそんなに力はないから、大したことはできなかったけど」

「小さなことはできたんだ」

「肩凝りとか肌荒れを起こしたり、気に入ってる服にワインをこぼしたり。自分で言ってて情けなくなるくらい微妙なことばっかだよ」

悪霊としての功績があまりに小さくて、思わずプッと吹き出す。

そういえば、肌荒れ気味でお高い美容液を買ったという投稿があった。あれは拓朗の仕業だったのか。

「ウケる。タク、超小物じゃん」

「本当にね。だから慧瑚さんの彼氏の体に入って、乗っ取ってやろうと思ったんだけど」

「乗っ取るって、関係ない人にそれはダメでしょ！」

私もやられたけれど、あれは本当に気分が悪かった。目的があったこととはいえ、最悪死ぬかもしれなかったのだ。私だってちょっとは根に持っている。あんな思いを他人にさせるなんて、絶対によくない。

拓朗は申し訳なさそうな顔をしつつ、「うん」と首を縦に振った。

「結局そう思い直して、やめたよ」

「それなら、よかった……」

ホッと胸を撫で下ろす。拓朗は吹っ切れたような笑顔で続けた。

「慧瑚さんの彼氏、すごいんだ。水野なんか目じゃないくらい美形で、ハイスペックで、人間的にも尊敬できる人でさ。俺、まったく勝てる要素がなかった」

水野くんなんか目じゃないという点においては異論があるが、拓朗の言う通り、慧瑚さんの彼氏はきっととても出来た人なのだろう。だけど。

「そんなことない。タクにはタクの魅力があるよ」

優しくて、素直で、努力家で、とてもポジティブ。器が大きく、おおらかだけれど、芯が強い。勝てる要素がないだなんて思わないでほしい。

「トモちゃん、そんな顔しないで。俺ね、彼氏に太刀打ちできないのがわかった瞬間、恨めしい気持ちがスーッとなくなったんだ。もうスッキリ爽快！」

拓朗はいつものヘラッとした笑顔で両手を広げた。

「嘘だ。タクの服、真っ黒じゃん」

本当に爽快な気持ちでいるのなら、以前のように白いはず。

「嘘じゃないよ。俺の服、悪霊やっている間は真っ赤だったもん。黒いのはたぶん、自分の未熟さを反省しているのと、寂しい気持ちがあるからだと思う」

「寂しい気持ち？　それって、もしかして……」

「うん。俺、成仏する」

ヒュッと、私の喉が変な音を出した。

とうとうこの言葉を聞く時が来てしまった。現れた時からなんとなくそんな気はしていたし覚悟もしていたけれど、いざ迎えてみるとショックが大きい。

「成仏して、来世に向けて修業する。たくさん修業して、次に生まれる時はもっと立派な人間になれるよう励むって決めたんだ。だから後半の一週間は、家族とか友達のところを巡って恩返ししてた。といっても俺、小物だからさ。探し物を見つけたり虫を払ったりするくらいしかできなかったけど、それでも自分なりに感謝を伝えられて満足……って、トモちゃん？」

楽しげにペラペラ話していた拓朗は、相槌すら打たない私を訝って話を中断した。

「ねぇ、タク。成仏って、絶対しなきゃダメなの？」

無理に出した声は弱々しく震えた。

「え？」

成仏するということは、本当の意味でこの世を去るということだ。もう二度と話すことも、会うこともできなくなるということだ。

そんな寂しい道を、自ら選ぶっていうの？

「やだ。やだよ。行かないでよ。このままずっと私に憑いてればいいじゃん」

両目からはらりと涙がこぼれる。ひとつこぼれると、堰を切ったようにボロボロ流れ出る。もう姉ぶって強がるのは諦めた。

いつかこの日が来るとわかっていた。むしろそのために協力していたのだから、今さら泣いて引き止めるなんておかしい。

本来なら亡くなったと聞いた時に、あるいは葬儀の時に、拓朗との別れを受け入れ、気持ちに区切りをつけなければならなかった。拓朗が幽霊として現れたことも、曲作りをしながら一緒に過ごしたことも、奇跡としかいえないボーナスタイムだった。

だからといって、「奇跡が起きただけ儲けもの。じゃあ、さようなら。お元気で」なんて考えられるわけがない。奇跡を甘受しているうちに欲が出て、「この奇跡がずっと続いてほしい」と思うに決まっている。

「私と一緒なら、また曲作りだってできるし、夢を叶えられるかもしれないよ。生きてる時と同じじゃってわけにはいかないけど、このまま一緒に楽しく暮らそうよ」

拓朗は困ったように眉をハの字にした。

「俺がこの世に残るのはよくないことだって、知ってるでしょ？」

「知ってるよ。知ってるけど、タクと一生会えなくなるなんて嫌だ。絶対に嫌だ。嫌だよ……嫌だぁ……！」

うわあんと子供のように泣き喚く。拓朗の姿をこの目に焼き付けたいのに涙が邪魔をする。拓朗が私を宥めようと手を伸ばす。私の頭部に拓朗の手が埋まるだけで、なんの感覚もない。拓朗は悔しそうに手を引いた。

「トモちゃん。俺ね、わかったことがあるんだ」

「……なに？」

「俺の本当の未練は、トモちゃんにお別れを言えなかったことだと思う」

思いもよらない言葉に、泣いてコントロールの利かない喉奥がヒグッと鳴った。

「どういうこと？　曲作りは？　慧瑚さんは？」

「俺自身、それが自分の未練なんだと思ってた。けど曲が完成しても、慧瑚さんに届けても、成仏の道は開かなかった」

「じゃあ、私たちがやってきたことってなんだったの？」

怒りながら尋ねると、拓朗が穏やかな顔で即答する。

「俺たちの最後の思い出作り」

引っ込みかけていた涙が、ふたたび溢れ出る。

「思い出って……」

出会ってから十八年の中で最も濃い、特別な四ヶ月だった。思い出として残せる写真は一枚もないけれど、ふたりで作った曲がある。いつかこの日々の記憶が薄れても、ステラを聴けばきっと鮮明に思い出せるだろう。

「俺、本当はね。死ぬ間際、トモちゃんに病気を隠してたのをものすごく後悔したんだ。どうせ死ぬことになるなら、正直に話しておけばよかった。生きている間にトモちゃんの顔を見て、今までありがとうって直接伝えたかった」

「私だって、タクが生きているうちに会っておきたかったよ。病気のことも、ちゃんと話してほしかった。私だって、それについては未練タラタラなんだから」

「うん。ごめんね」

拓朗をこの世に縛りつけていたのは、きっと私たちふたりの未練だ。この四ヶ月は、私たちふたりの想いがぴったり重なったからこそ起きた奇跡なのかもしれない。

拓朗が薄くなってきている。本当にお別れの時が近いようだ。

伝えるなら、もう今しかない。

「タク。今までずっとありがとう」

仲よくしてくれてありがとう。いつも味方でいてくれてありがとう。幽霊になってからも私のところに来て、頼ってくれてありがとう。

伝えたい感謝はたくさんあるのに、泣いているせいで全部伝えられないのがもどかしい。

「俺こそ、今までずっとありがとう。トモちゃんが幼馴染みで本当によかった。トモちゃんのおかげでいい人生だった。大好きだよ」

「私だって、タクが幼馴染みでよかった。大好き」

ふつうの友達とも家族とも恋人とも違うこの〝大好き〟は、生涯拓朗だけに抱くことのできる、唯一無二の感情だ。この特別な気持ちを、ずっと大切に覚えていたい。

「俺、もう行くよ」

拓朗がそう告げた瞬間、拓朗の頭上がふわっと明るくなった。これが成仏の道なのだと、直感的にわかった。

「本当にもうお別れなんだね」

拓朗が、いよいよ本当に星になる。

夢や目標を見つけ夢中になって追いかける拓朗は、いつだってキラキラして眩しかった。私にとって拓朗は、まさに星のような存在だった。

「泣かないで。寂しいけど、悲しいことじゃないよ。トモちゃんはトモちゃんの、俺は俺の、新しいステージに進むだけ。それぞれの道を、ガンガン進んで行こう」

　拓朗は来世に向けて魂の修業を、私はこれからの人生を。自分たちに用意された道を、ただひたすら邁進していくしかない。

「私、タクの分までガンガン生きて、ガンガン楽しいこととして、ガンガン人生謳歌する」

「うん。俺は星になって、空から見守ってる。トモちゃんの人生が誰よりも幸せなものになるように、ずっと応援してる」

　拓朗がとびきりの笑顔を見せ、両腕を大きく広げる。光が強くなったと思ったら、真っ黒だった服が真っ白に戻った。

「あ、トモちゃん。最後にひとつだけ、お願いがあるんだけど」

　この期に及んで頼み事とは、なんとも拓朗らしい。

「もう。こんな時にまで、なに？」

「毎年、命日は忘れて、代わりに俺の誕生日を祝ってくれない？　一瞬思い出すだけでいいからさ」

拓朗はイタズラっぽくそう言った。なんの因果か、拓朗の命日は私の誕生日と重なってしまった。それを気遣ってくれているのだろうし、そうでなくても拓朗はそれを望んだだろう。

「わかった。そうする」

深く頷いて見せると、拓朗は満足げに頷き返す。

「あ、それと」

「まだあるの?」

「好きな人との縁を繫ぐことができるって言ったの、あれ、実は嘘」

「は、はあああぁっ?」

いよいよお別れという切実な状況なのに、つい頓狂な声をあげてしまった。まさか、あれが嘘だったとは。しかもそれを、こんなタイミングで白状されるとは。

「まあ、結果的にちゃんと恋人同士になれたわけだし、結果オーライでしょ」

「もうほんと信じらんない!」

涙を流しながらぷりぷり怒る私を見て、拓朗がヘラヘラ笑いながら「ごめんごめん」と両手を合わせる。本当に見返りを求めていたわけではないけれど、まったく最後の最後まで調子がいいんだから。でも、そんなところも拓朗らしい。

なんだかおかしくなって、私も釣られて笑ってしまった。

私が笑ったのを見た拓朗は、安心したように手を振った。

「ばいばい、トモちゃん」

頭上の光が強くなり、眩しくて目を閉じた。

そして次に目を開いた時には、拓朗はいなくなっていた。

「ばいばい、タク……」

涙はしばらく止まりそうにない。

＊＊＊

拓朗が星になって一ヶ月半あまりが経った。

季節は秋。厳しかった残暑もようやく落ち着いた。大学の後期日程が始まって、私はふたたび課題やサークル活動、アルバイトに追われ、忙しくも充実した日々を過ごしている。

朝起きて、ストリーミングサービスで流行りの音楽を流し聴きながらメイクを施す。少し寝坊してしまったので、朝食をとる余裕はない。

アイラインを引きながら、ふと流れている音楽が気になった。最近流行りの曲なのだが、私の好みではなくて気分が下がる。メイクで最も慎重を期すアイラインを引くところなのに、音楽のせいで集中力を欠いて手元が狂うのは困る。

私はスマートフォンをタップし、その曲を〝スキップ〟した。

その瞬間、ハッと気がついた。

今スキップした曲だって、たくさんの人たちが思いを込めて一生懸命制作したものだ。それを途中でスキップした私は、ステラの途中でイヤフォンを外した慧瑚さんと同じなのではないだろうか。

どんな音楽をいいと感じるか、どんな曲に聴く価値を見出すかは、誰にも侵害できない個人の自由だ。それなのに、自分たちが作った曲だからといって「ありがたく聴け」「いい曲だと思え」と怒鳴りながら追い縋った自分は、とても痛々しく、見苦しかった。

「なんか、ちょっと腑に落ちたかも」

そう呟いて、手元が狂った。アイラインは失敗だ。

でも、心はずいぶん軽くなった気がした。

今日は午後の講義がないので、同じく午後の講義のない水野くんとデートの約束をしていた。待ち合わせは正門前。目的地までは電車で向かう。

淵野辺駅から横浜線に乗り、長津田で半蔵門線直通の田園都市線に乗り換える。向かうのは東京スカイツリーでお馴染みの押上だ。

しかし私たちが今向かっているのは、スカイツリーではない。

「都萌実……本当に行くの？」

デートだというのに、水野くんはげんなりした顔だ。

「もちろん。水野くん、もしかしてビビってるの？」

私が煽るように言うと、彼は両眉を上げて唇を尖らせた。

「別にビビってねーし」

いつもはクールで頼り甲斐のある水野くんの、こんな反応はレアだ。私はクスッと笑い、彼の手を引いて歩を進める。

私たちは今、東京ソラマチの十階にある献血ルームに向かっている。むろん、献血をするためだ。といってもこれは一応デートなので、献血のあとでスカイツリーの展望台に上って景色も楽しむつもりだ。

私が「献血したい」と言い出した時、水野くんはものすごく引いていた。

「え？　なんで急に献血？」

「人の役に立ちたくて。私の血で、誰かの命が助かるかもしれないでしょ？」

拓朗も闘病中は何度も輸血に助けられたと言っていた。社会貢献というほどではないけれど、怪我や病気で血を必要としている人の役に立てたら嬉しいなと思った。

「血ぃ抜かれて大丈夫かな。クラクラしてぶっ倒れたりしないかな」

乗り換えのエレベーターを待つ間、水野くんはとうとう不安を隠さなくなった。

「お医者さんもいるんだし大丈夫だよ。サクッと献血して、スカイツリーに上ろう」

「そうだな……」

私も献血は初めてだ。あんな風に彼を煽った手前、内心私もビビっていることは悟られないようにしなければ。

拓朗の影響か、最近私の中に「病気と闘っている人の役に立ちたい」という意識が芽生えた。今さら医療従事者を目指すのは現実的ではないけれど、社会学を学ぶ私だからこそできることがあるかもしれない。そう思いながらこれまでに受けてきたゼミの資料をめくっていると、「ワーキングペイシェント」という文字が目を引いた。

ワーキングペイシェントとは、言葉の通り、働きながら長期的に病気を治療している人たちのことだ。今はまだ社会に浸透していない言葉だが、小林教授をはじめ、複数の社会学者がこの言葉とともに、彼らの抱える問題について世の中に認識を広げようとしていると聞いた。

ワーキングペイシェントは健康な従業員と比べるとどうしても体力的に劣ってしまうし、治療や体調の悪化で欠勤や遅刻早退が多くなる。そのため、理解のない職場で冷遇されたり、肩身の狭い思いをしたりすることも少なくないという。

そんな彼らの社会的地位やQOL向上のため、社会学者がさまざまな取り組みを行なった結果、少しずつ環境改善の動きが出てきているらしい。

私も、それをあと押しできるような仕事に携わってみたい。

まだ夢と呼べるほど明確ではないけれど、私にもついに目標ができたのだ。

目標ができたので、ゼミでの自分の研究テーマも見つかった。小林教授にも相談して、「世界における雇用形態の多様性」をテーマに、ワーキングペイシェントの実情を盛り込んだ卒論を書くことを決めた。これから一年かけて、じっくり研究を進めていくつもりだ。

そして卒業後は、会社の人事部などで雇用形態を拡充する仕事や、人材派遣会社でワーキングペイシェントが安心して働ける環境を作る仕事ができたらいいなと思っている。

「なにをやりたいか」や「なにに向いているか」ではなく、「誰のために働きたいか」や「誰の役に立ちたいか」という視点を得たことは、私の中で大きな変化だった。私はたぶん、頼られるのが好きなのだと思う。だから、助けを必要としている人の力になれるような人間になっていきたい。

二十一歳にしてようやく見つかった自分の目標に向けて、これから少しずつ……いや、ガンガン邁進していく。

献血のあと、私たちは予定通りスカイツリーの展望台に上って東京の景色を楽しみ、ソラマチ内の洋菓子店でケーキを買って帰路についた。
混雑する田園都市線を長津田で降り、横浜線に乗り換えるためにJRの駅へ。

「献血、意外と楽勝だったわ」

乗り換えの道中、駅のゴミ箱の前で、水野くんが腕の絆創膏（ばんそうこう）を剥がしながら得意げに言った。直前まであんなに不安そうにしていたのに、この変わりよう。私しか知らない彼の子供っぽい一面が愛しい。

「お疲れ様。じゃあ、来月また付き合ってくれるよね？」

「えっ……来月？」

「だって私、リベンジしなきゃだし」

実は今日、献血ができたのは水野くんだけだった。私は事前の検査でヘモグロビンの数値が足りなくて、お医者さんから献血の許可が出なかったのだ。

私の数値は、健康的にはなんら問題ないそうなのだが、献血をするには足りないという微妙なラインだった。お医者さんには、「生理周期やその時のコンディションによって数値が変化するものだから、来月くらいにまた挑戦してみてください」と告げられた。リベンジのため、しばらく鉄分とタンパク質、ビタミンCを意識した食生活を心がけなければ。ひとり暮らしの学生にはちょっぴり贅沢だけれど、赤身肉を多めに食べるところから始めてみよう。

渕野辺駅で下車した時、コーヒーのドリップバッグを切らしていることを思い出した。バイト先のカフェチェーンで調達することに決め、店に立ち寄る。

「彼氏、イケメンじゃん」

店長にそう言われ、くすぐったい気持ちで店をあとにした。外はもう真っ暗だ。

自宅に向かって住宅地を歩いていると、スマートフォンが震えた。信号待ちのタイミングで確認してみると、拓朗の妹、美咲ちゃんからのメッセージだった。

【今日はお兄ちゃんの誕生日なので、家族でパーティーをやってます。トモちゃんも

お祝いしてね！】

送られてきた画像には、拓朗の遺影とホールのチーズケーキを取り囲む真津山家のみんなが写っている。あのチーズケーキを焼いたのはうちの母だろう。

十月十三日。今日は拓朗の誕生日だ。命日を悼むより誕生日を祝ってほしいという拓朗の思いが、拓朗の家族にも伝わっていて嬉しい。

「ふふっ」

「どうした？」

私が急に笑いだしたので、水野くんが首を傾げる。

「タクの妹ちゃんからメッセージ。家族でパーティーしてるって」

「そっか。じゃあ都萌実もケーキの画像、送らないとな」

「うん。そのつもり」

とりあえず返信のネタにと、ケーキの紙袋の写真を撮った。

【もちろん！　私はこれからだよ】

手早く打ち込み、画像と一緒に送信する。既読はすぐに付き、【いいね】と【ありがとう】のスタンプが返ってきた。

信号が青に変わり、私たちはふたたび歩みを進める。

ふと家々の屋根の上で、星が流れたような気がした。はっきり見えたわけではないけれど、私にはそれが、拓朗が諫早からこっちに移動してきた軌跡のように思えた。

「誕生日おめでとう」

天に向かって小さく告げる。返事はない。

ダークネイビーの空には、無数の星がキラキラと輝いている。

小学館文庫
好評既刊

余命3000文字

村崎羯諦

ISBN978-4-09-406849-8

「大変申し上げにくいのですが、あなたの余命はあと3000文字きっかりです」ある日、医者から文字数で余命を宣告された男に待ち受ける数奇な運命とは――？（「余命3000文字」）。「妊娠六年目にもなると色々と生活が大変でしょう」母のお腹の中で引きこもり、ちっとも産まれてこようとしない胎児が選んだまさかの選択とは――？（「出産拒否」）。「小説家になろう」発、年間純文学【文芸】ランキング第一位獲得作品が、待望の書籍化。朝読、通勤、就寝前、すき間読書を彩る作品集。泣き、笑い、そしてやってくるどんでん返し。書き下ろしを含む二十六編を収録！

小学館文庫
好評既刊

△が降る街

村崎羯諦

ISBN978-4-09-407120-7

「俺と麻里奈、付き合うことになったから」三人の関係を表したような△が降る街で、〝選ばれなかった少女〟が抱く切ない想いとは——？（「△が降る街」）。「このボタンを押した瞬間、地球が滅亡します」自宅に正体不明のボタンを送り付けられた男に待ち受ける、まさかの結末とは——？（「絶対に押さないでください」）。大ベストセラーショートショート集『余命3000文字』の著者が贈る、待望のシリーズ第二弾。泣き、笑い、そしてやってくるどんでん返し。朝読、通勤、就寝前のすきま時間を彩る、どこから読んでも楽しめる作品集。書き下ろしを含む全二十五編を収録！

私が先生を殺した

桜井美奈

ISBN978-4-09-407250-1

「ねえ……あそこに誰かいない？」。全校生徒が集合する避難訓練中、ひとりが屋上を指さした。そこにいたのは学校一の人気教師、奥澤潤。奥澤はフェンスを乗り越え、屋上から飛び降りようとしていた。「バカなことはするな」。教師たちの怒号が飛び交うも、奥澤の体は宙を舞う。誰もが彼の自殺を疑わず、悲しみにくれた。しかし奥澤が担任を務めるクラスの黒板に「私が先生を殺した」というメッセージがあったことで、状況は一変し……。語り手が次々と変わり、次第に事件の全体像が浮き彫りになる。秘められた真実が切なく、心をしめつける。著者渾身のミステリー！

小学館文庫
好評既刊

まぎわのごはん

藤ノ木 優

ISBN978-4-09-407031-6

修業先の和食店を追い出された赤坂翔太は、あてもなく町をさまよい「まぎわ」という名の料理店にたどり着く。店の主人が作る出汁の味に感動した翔太は、店で働かせてほしいと頼み込む。念願かない働きはじめた翔太だが、なぜか店にやってくるのは糖尿病や腎炎など、様々な病気を抱える人ばかり。「まぎわ」はどんな病気にも対応する食事を作る、患者専門の特別な食事処だったのだ。店の正体に戸惑いを隠せない翔太。そんな中、翔太は末期がんを患う如月咲良のための料理を作ってほしいと依頼され――。若き料理人の葛藤と成長を現役医師が描く、圧巻の感動作！

小学館文庫
好評既刊

あの日に亡くなるあなたへ

藤ノ木 優

ISBN978-4-09-407169-6

大学病院で産婦人科医として勤務する草壁春翔。春翔は幼い頃に妊娠中の母が目の前で倒れ、何もできずに亡くなってしまったことをずっと後悔していた。ある日、春翔は実家の一室で母のPHSが鳴っていることに気づく。不思議に思いながらも出てみると、PHSからは亡くなった母の声が聞こえてきた。それは雨の日にだけ生前の母と繋がる奇跡の電話だった。さらに春翔は過去を変えることで、未来をも変えることができると突き止める。そしてこの不思議な電話だけを頼りに、今度こそ母を助けてみせると決意するのだが……。現役医師が描く本格医療・家族ドラマ！

テッパン

上田健次

ISBN978-4-09-406890-0

中学卒業から長く日本を離れていた吉田は、旧友に誘われ中学の同窓会に赴いた。同窓会のメインイベントは三十年以上もほっぽられたタイムカプセルを開けること。同級生のタイムカプセルからは『なめ猫』の缶ペンケースなど、懐かしいグッズの数々が出てくる中、吉田のタイムカプセルから出てきたのはビニ本に警棒、そして小さく折りたたまれた、おみくじだった。それらは吉田が中学三年の夏に出会った、中学生ながら屋台を営む町一番の不良、東屋との思い出の品で――。昭和から令和へ。時を越えた想いに涙が止まらない、僕と不良の切なすぎるひと夏の物語。

銀座「四宝堂」文房具店

上田健次

ISBN978-4-09-407192-4

銀座のとある路地の先、円筒形のポストのすぐそばに佇む文房具店・四宝堂。創業は天保五年、地下には古い活版印刷機まであるという知る人ぞ知る名店だ。店を一人で切り盛りするのは、どこかミステリアスな青年・宝田硯(けん)。硯のもとには今日も様々な悩みを抱えたお客が訪れる――。両親に代わり育ててくれた祖母へ感謝の気持ちを伝えられずにいる青年に、どうしても今日のうちに退職願を書かなければならないという女性など。困りごとを抱えた人々の心が、思い出の文房具と店主の言葉でじんわり解きほぐされていく。いつまでも涙が止まらない、心あたたまる物語。

私たちは25歳で死んでしまう

砂川雨路

ISBN978-4-09-407176-4

未知の細菌がもたらした毒素が猛威をふるい続け数百年。世界の人口は激減し、人類の平均寿命は二十五歳にまで低下した。人口減を食い止め都市機能を維持するため、就労と結婚の自由は政府により大きく制限されるようになった。そうして国民は政府が決めた相手と結婚し、一人でも多く子供を作ることを求められるようになり――。結婚が強制される社会で離婚した夫婦のその後を描く「別れても嫌な人」。子供を産むことが全ての世の中で〝子供を作らない〟選択をした夫婦の葛藤を描く「カナンの初恋」など、異常が日常となった世界を懸命に生きる六人の女性たちの物語。

――本書のプロフィール――
本書は、小学館文庫のために書き下ろされた作品です。

小学館文庫

星（ほし）になれない君（きみ）の歌（うた）

著者　坂井志緒（さかいしお）

二〇二四年一月十一日　初版第一刷発行

発行人　庄野　樹
発行所　株式会社　小学館
〒一〇一-八〇〇一
東京都千代田区一ツ橋二-三-一
電話　編集〇三-三二三〇-五二三七
　　　販売〇三-五二八一-三五五五
印刷所―――大日本印刷株式会社

この文庫の詳しい内容はインターネットで24時間ご覧になれます。
小学館公式ホームページ　https://www.shogakukan.co.jp

ISBN978-4-09-407321-8